菌人國

U0109106

卵民國

古國卷

張錦江等 著

新說山海經

中華教育

責任編輯	楊安琪	
裝幀設計	陳淑娟	
排版	陳淑娟	
印務	劉漢舉	

張錦江等 ◎ 著
王聰慧 ◎ 插畫

出版　中華教育
　　　香港北角英皇道四九九號北角工業大廈一樓B
　　　電話：(852) 2137 2338　　傳真：(852) 2713 8202
　　　電子郵件：info@chunghwabook.com.hk
　　　網址：http://www.chunghwabook.com.hk

發行　香港聯合書刊物流有限公司
　　　香港新界荃灣德士古道220-248號
　　　荃灣工業中心16樓
　　　電話：(852) 2150 2100　　傳真：(852) 2407 3062
　　　電子郵件：info@suplogistics.com.hk

印刷　美雅印刷製本有限公司
　　　香港觀塘榮業街6號
　　　海濱工業大廈4樓A室

版次　2021年9月第1版第1次印刷
　　　©2021中華教育

規格　16開 (230mm×160mm)
ISBN　978-988-8759-69-9

當希臘神話融落在愛琴海中，愛琴海就有了神祕且迷人的魅力。

那時，我坐在一艘白色的遊輪上，由希臘的雅典到聖托里尼島去。

玻璃舷窗映着五月的陽光，海水深藍，泛着亮晶晶的波光，蕩漾着碎碎的波紋。我凝視着這無垠的平靜的海。

我在翻閱一本藍色的大書，書上有一個名字：荷馬。

這是古希臘偉大的盲人詩人。他為人類留下了宏偉巨著《荷馬史詩》。這部希臘神話經典講述的是由神的一個金蘋果引發的一系列故事，其源頭正是希臘民間神話傳說。

海的波褶中浮現出智慧女神雅典娜、天后赫拉、美神阿芙羅狄蒂縹緲的身影……

我在雅典衛城的巨石城堡中見到了巴特農神殿雅典娜塑像的原址，雅典娜不見了，只剩下空殿；我在靈都斯古鎮仰望了勝利女神的斷翼石、多

乳女神的殘胸碑；我在奧林匹亞瞻仰了神中之神宙斯與天后赫拉的神廟遺跡——那些完整的與倒塌的帶棱角的巨型圓柱；我還在德爾斐宗教聖地，於一塊鐘形的石柱前流連忘返，注視着這個被稱為「世界的肚臍」的地方，聆聽着音樂之神、太陽之神——美少年阿波羅那關於預言石與阿波羅神廟的傳說。

海面上流淌着、升騰着阿波羅豎琴的樂曲聲。

我在希臘這個神的國度裏，從那些數千年的斷瓦殘磚、古堡、石柱、垣壁中傾聽着一個又一個美麗而奇妙的神話傳說，隨便翻一片磚瓦，神話故事就會像一隻隻活靈靈的蟋蟀蹦跳出來。神話無處不在，神話無處不有。無論是牛頭人身怪米諾陶洛斯，還是看一眼就讓人變成石頭的女妖美杜莎，又或是一歌唱就讓人丟魂的人頭鳥塞壬……它們都浸潤在希臘人的血液中，是獨屬於希臘的文化財富。受其影響，古希臘悲劇產生並盛行起來，埃斯庫羅斯的《被縛的普羅米修斯》，索福克勒斯的《俄狄浦斯王》《厄勒克特拉》，歐里庇得斯的《巴克斯的信女》《美狄亞》等名劇流傳至今。蘇格拉底、柏拉圖、亞里士多德等人也深受希臘神話的影響。希臘神話也影響了歐洲的文明，但丁、歌德、莎士比亞、達・芬奇、拉斐爾、米開朗基羅等人受其薰陶，將歐洲文化推向輝煌。

這平靜碧藍的海呀，怎麼變得混沌咆哮起來？

我想起了黃河。

那年，我漫步在鄭州的黃河之濱，看見一尊由褐色花崗巖

石雕琢而成的黃河母親的塑像，那是一個溫柔而豐腴的母親，她仰臥着，腹部上趴着一個壯實的男孩，意指黃河是中華兒女的母親河。而黃河文化的始祖——炎黃二帝的巨石半身雕像就在高聳的向陽山上。一側的駱駝嶺主峰上站立着大禹的粗麻石塑像，大禹頭戴斗笠，身穿粗布衣，右手持耒，左臂揮揚，智目慧相。基座上嵌碑刻題八字：「美哉禹功，明德遠矣。」

炎黃二帝、大禹都是《山海經》中的人物。《山海經》記述了炎黃二帝始創中華，大禹治理黃河定九州的故事。

這時，在我的眼前，黃河的驚天巨浪翻湧而起，一部大書被托舉在高高的濤峰上。

這就是《山海經》。

這部成書於先秦時期的《山海經》，分《山經》《海經》兩部。《山經》又分《南山經》《西山經》《北山經》《東山經》《中山經》；《海經》又分《海外南經》《海外西經》《海外北經》《海外東經》《海內南經》《海內西經》《海內北經》《海內東經》《大荒東經》《大荒南經》《大荒西經》《大荒北經》《海內經》。全書三萬一千餘字。這是一部記載中國遠古時代山川河嶽的地理書；這是一部講述中國遠古部落戰爭的歷史書；這是一部關於中國遠古英雄的傳奇書；這是一部關於中國遠古列國的民俗書；這是一部關於中國遠古巫術的玄幻書；這是一部關於中國遠古神怪的百科書；這是一部關於中國遠古草木的參考書。

　　這部極具挑戰性的古書、奇書、怪書，吸引了中國歷代無數的聖者、智者。太史公司馬遷曾在《史記・大宛列傳》中寫道：「至《禹本紀》《山海經》所有怪物，余不敢言之也。」他對《山海經》的怪物不敢說，可見太史公的疑慮。東漢班固在編撰《漢書・藝文志》時，將《山海經》列為「數術略」中「形法類」之首，認為這書是用來占卜凶吉的，與巫有關。晉代郭璞嗜陰陽卜筮之術，神馳《山海經》並為其作註，成史上註釋《山海經》第一人。田園詩人陶淵明熟讀《山海經》，寫下十三首《讀〈山海經〉》詩。北魏地理學家酈道元在其著作《水經注》中引《山海經》百餘條。隋代訓釋《楚辭》的名家釋智騫也頗得益於《山海經》。「唐宋八大家」之一的柳宗元在《行路難》中引用了夸父追日的傳說，而歐陽修則寫有《讀山海經圖》一詩。

　　《山海經》也為中國志怪小說、神話小說提供了素材，《西遊記》《封神榜》《神異經》《搜神記》等小說都受到了它的影響。現代文學家魯迅、茅盾、聞一多等人也很關注這部古怪的大書。魯迅在《中國小說史略》第二篇「神話與傳說」中指出，小說的淵源是神話，並首推《山海經》為其源頭。又稱：「中國之神話與傳說，今尚無集錄為專書者，僅散見於古籍，而《山海經》中特多。《山海經》今所傳本十八卷，記海內外山川神祇異物及祭祀所宜⋯⋯與巫術合，蓋古之巫書也⋯⋯」魯迅的說法與班固對《山海經》的看法幾乎是一致

的。魯迅對《山海經》情有獨鍾，不僅肯定了《山海經》是中國文化之源、中國小說之淵，而且寫下了由《山海經》中的素材引發創作想像的三篇小說，即《故事新編》中的《補天》《奔月》《理水》。茅盾從研究希臘神話延伸到研究中國神話，寫下了《中國神話研究 ABC》。這是希臘神話與中國神話的第一次神靈交匯，書中第七章專門寫了《山海經》中的「帝俊與羿、禹」。茅盾寫道：「宙斯是希臘的主神，因而我們也可以想像那既為日月之父的帝俊，大概也是中國神話的『主神』。」又寫道：「神性的羿實是希臘神話中建立十二大功的赫拉克勒斯那樣的半神的英雄。」

混沌深沉的黃河呀，是中國神話原始大書《山海經》之母，也是中國文化的源頭。它與蔚藍的愛琴海相映成輝。我在愛琴海上想着黃河的千古絕唱，因此有了編創《新說山海經》的念想。

是為序。

張錦江

2016 年 4 月 22 日下午草於坤陽墨海居

新說山海經・古國卷

　　這是《新說山海經》的第五卷。

　　《山海經》中記載了大約 82 個奇異古國，諸如：長臂國、貫胸國、三身國、黑齒國、一目國、無腸國等。這些古國以國中人獨特的相貌來命名，他們以罕見的生命形態出現，他們以不可思議的生存方式繁衍後代。還有些古國其實不是形態完整的國家，而都是地域性的人群集聚之地，常選山寨、荒原、水澤而居，只能稱為山寨國、荒屯國、澤泊國。

　　《新說山海經（古國卷）》選《山海經》中十個古國的原始素材，新創出十個古國中離奇古怪的故事。它們是：女子國、無影國、一臂國、三首國、菌人國、無晵國、氐人國、卵民國、司幽國、犬封國。這些神界境遇中的國家發生的故事、想像的空間豐盈而無限，且那般有趣、可信，讀完之後會思緒萬千，聯想產生的哲理思考又是如此現實。在書中，我們可以看到異類與人類對事物美的慕求共性（《女子國》）；人一旦不死永生，

將會有何樣的煩惱與災難（《無影國》）；如何面對幸福的偶然與瞬間毀滅（《一臂國》）；忠於職守者的心靈世界（《三首國》）；弱勢人群的別樣人生（《菌人國》）；前世、今世、來世的情仇恩怨（《無臂國》）；絕境重生後的又一番光景（《氐人國》）；獻身的勇氣是怎樣練就的（《卵民國》）；守護命脈的讚歌（《司幽國》）；生命尊嚴顛倒之後的逆受與反抗（《犬封國》）。

註：本書中涉及的《山海經》原文參考上海古籍出版社2015年版的《山海經》。

目錄

女子國

張錦江 文

女子國在巫咸北，
兩女子居，
水周之。
一曰：居一門中。

【海外西經】

上篇

這幾日女王心中甚是煩惱。

在這個清一色女人的國度裏，往常到處飄溢着香噴噴的女人的體香味，無論是木屋、竹屋、茅屋、樹屋，還是石屋、石洞，還有森林、果園、草地、山泉中都漫溢着這種甜美的清香。而現在這裏卻有了混濁難聞的味道。

這裏的女人無論老少，只食氣味與清晨的露水。女子國被一條清亮的河水圍着，被圍着的還有一座不高的山，山腳下是很平坦的草地。河、泉、草、林的空氣是清涼可口的，墨綠樹葉上滾落的露水珠兒是甜津津的。這是女子國的美味餐食。女人們精心地把氣味與露水的菜餚做到了極致。女子國有數不清的果園、花圃，諸如桃、梨、橘、李、蘋果、葡萄、櫻桃、石榴、荔枝、龍眼等百果齊在，諸如梅、菊、蘭、荷、蓮、牡丹、芍藥、海棠、杜鵑、紫藤等百花俱全。尋常之家用各式竹碗、木盤、石碟端上石桌的，常常是一兩片果葉或一兩朵鮮花。食氣味時，端起餐具聞一聞，就會聞到不同花葉的香味，這就算吃過氣味了。那麼露水呢，

就是裝在竹筒杯中，滴兩滴果汁，然後慢慢品飲，百果滋味盡有。這種吃法雅緻而高貴。在飲食方面，平民與女王都一樣。女王與尋常國民不一樣的，是她的餐具更講究，盤、碟、碗皆為玉石雕琢而成，且有花、果飾紋，很是精細。

花果、草葉、香氣與露水滋養的女人非常嬌小而纖細，個個都眉目清秀，皮膚白嫩、光滑、細膩，哪怕是百歲老嫗的皮膚都如皎月一般。其壽也長，都在百歲之上，無疾而終。老人死去即會化成一股清氣，屍骨無影無蹤。

這突如其來的怪味，讓女王寢食難安。

花兒與果葉的氣味她不想聞了，滴了果汁的露水她不想喝了。當然，她自然可以呼吸到空氣，但空氣不僅淡而無味，而且裏雜着讓她噁心的氣味。她一下子瘦了。女王的美麗是國人所稱讚自豪的，她有一顆秀巧玲瓏的頭顱，頭髮烏黑，一直垂到那雙長着小小玉趾的腳尖；眼睛像一頭小鹿天真地睜開着；俊俏的小臉兒上的酒窩裏泛着粉紅色的光潤。她實在是美人中的美人。

可是一夜之間，美麗的女王像一朵鮮花萎落了。

集市上發生了驚天動地的事情。

倘若到女子國每日的集市去看一看，你會發現，那裏的女人都穿着用各種花瓣串成的花衣裙，牡丹、月季、芍藥、蘭花、海棠、紫薇應有盡有，短裙、長裙、露肩裙、露背裙、露臍裙五花八門。這些花兒裹身的女人在集市裏來回穿梭，在香氣流溢中，集市像一條漂蕩着花的河流。女人們在

集市中隨意挑選合意的衣裙，然後把自己製作的衣裙與別人交換，還有用作頭飾的花冠，樹枝做成的髮夾，彩石與玉片和藤條做成的項鍊、耳墜，都可以物易物，這些都是女人喜歡用來打扮的東西。集市中整日蕩漾着女人的笑聲，這樣的集市不該有事。

然而，集市偏偏有事。

這天，女王住在百花宮中。百花宮是由紫藤、銀芽柳、長春菊、香水月季、牽牛花編纏成的一座很大很大的花屋，並分隔成前殿與後寢宮。四周圍着四時花卉，一年之中花色不絕。女王還有一座宮殿叫百果宮，那是用桃樹、李樹、梨樹、橘樹組栽而成的，也是大得可以遛馬的樹屋。她讓工匠用了五年的時間把樹幹、樹枝按一定造型彎曲建成，住在宮中可隨手摘到果子。

有宮中衛士來報：有一隊人馬衝進了集市。

「什麼樣的人？桃兒，你說得清楚一點。」女王翹着兩根尖尖的手指問。

這個叫桃兒的女人是女王的衛士頭領，只見她上身是一襲緊胸的櫟樹樹葉衛士服，下身是束腰苤苤草裙，腰間掛着一把彎月形青石佩刀，人雖嬌小，倒也英氣。

她朗聲而答：「尊敬的女王，集市突然出現了一支隊伍，走在最前頭的是個面孔還算清秀的男子，頭上插兩根野雞毛，披着紅色的花衣，一旁還有個女人。那女人跟我們的打扮差不多，長得也不難看。左右兩側的人長得不像人，尖

嘴上有幾根長鬍鬚，渾身長着黑毛，還拖着一條尾巴。他們都舉着帶葉子的竹竿牌子，邊走邊『吱吱』喊叫着，不知叫的是什麼，反正聽不懂。我帶人上去盤問：『客官何處而來？』那男子文質彬彬，對我打躬作揖，低眉而言：『小娘子少禮了，我等從軒轅國而來。』我問：『客官這隊人馬這般吵吵鬧鬧有何貴幹？』那男子依舊打躬作揖，不住點頭哈腰連聲說：『小娘子少禮了，小娘子少禮了。我正在迎親娶新娘子，打擾了，打擾了。』我一聽便覺不對，當年您也曾去軒轅國赴該國國王的千壽之宴，回來也講過那裏的風土人情，說那裏的男女皆人面蛇身，尾巴盤繞在頭上，披着華衣錦服，個個知書達禮。哪裏像這男子的模樣，那些鼠目獐頭的更不用說了。於是我拔出佩刀擋住了這支隊伍，一聲喝道：『嘿，你不要騙人了，我們女王去過軒轅國，那裏的人不像你們這副樣子，你們到底是何人？』那男子並不動怒，說：『不瞞小娘子說，我能猜到小娘子的心思。我乃軒轅國鼠王之子蘭王子，因我嗜蘭如命，栽蘭無數。鼠非人類，但有人的嗜好，也有人的情感。』我說：『怪不得，原來是老鼠成了精，變成了人的模樣，而且你們的身上散發出一陣令人作嘔的臭味，把我們的國家弄得臭氣沖天。好玩吧，老鼠精也要成親娶新娘子，你是想來害人吧！快快離開！』我下了逐客令。那男子執意不依，連連搖手：『我怎能害人呢？使不得，使不得！』我大喝一聲：『再走一步，休怪我無理了！』那男子仍然面色和悅地說：『小娘子休怒，我等並無

害女子國人之心，只想給女子國人增添一點兒樂趣而已。』我忍不住地說：『什麼蘭王子，老鼠精！我不要再聽你的花言巧語了！梨兒、杏兒、棗兒、李兒，上！把老鼠精趕跑！』這樣，梨兒、杏兒、棗兒、李兒就都上去了！」

女王的小指尖兒顫動了一下，嬌聲打斷了桃兒的話：「你把他們殺了？」

桃兒搖了搖頭，說：「尊敬的女王，我沒那麼心狠，我只嚇唬嚇唬他們。」

女王的小指尖兒捲曲了起來，輕聲說：「這就好，後來呢？」

桃兒一笑，說：「尊敬的女王，那自稱蘭王子的男人，搖身一晃變成一隻很大很大的老鼠跑了，他身旁的女人也是一隻大老鼠。那些舉牌子的都是小老鼠，這時都把牌子扔了，一地小老鼠隨着兩隻大老鼠逃了。」

女王也笑了起來，說：「下次大概不會再來添亂了吧。只是老鼠把我們的空氣弄得難以下嚥了，得想想法子。」

桃兒說：「尊敬的女王，我已吩咐衞隊通知各家各戶，採摘薄荷葉放在屋前屋後以驅散老鼠身上的氣味。」

桃兒從一竹筐中取出一大捆薄荷葉，說：「尊敬的女王，這是給宮裏用的，我會把它們撒在宮裏的每個角落。」

女王稱讚桃兒說：「這辦法好。你這就去吧。」

桃兒遵命去宮內各處撒薄荷葉了。

不一會兒，女王覺得宮裏有了薄荷的淡淡的清香氣，心

中的鬱悶也少了許多。她揣起一杯雪梨露水抿了兩口。

女子國恢復了平靜，到處飄蕩着薄荷的氣味。

兩個月之後的一天，桃兒照例帶着衛隊巡視集市。

上午的集市歷來都是最熱鬧的，女人們歡樂的笑聲溢漫了集市的每個角落。這時，只聽到一陣「吱吱」亂叫的聲音，還有「劈啪」的猛烈敲擊聲，迎面來的依舊是一隊迎親婚娶的隊伍。打頭的還是那個自稱蘭王子的老鼠精。只見蘭王子頭頂插滿白色的蘭花，身披青翠蘭草大氅，腰紮豹皮圍裙，英氣逼人。

桃兒擋住去路問：「蘭王子，你怎麼又來啦？」

蘭王子打躬作揖道：「又是你這位小娘子，失敬失敬。上回你把我迎親的隊伍遣散了，鼠類本來就膽小，我的孩兒們生病的生病，做惡夢的做惡夢，兩個月才痊癒。這回我不是本人娶親，而是嫁女。我有三十個女兒待嫁呢。以後還會有更多，婚禮的日期排滿了，忙也忙不過來。」

桃兒定睛一看，蘭王子身後確實是一對新人，男的眉清目秀，女的妖媚動人。桃兒想：老鼠變成人也會這麼漂亮。

蘭王子說：「我知道小娘子心裏想的是，老鼠變成人也會這麼漂亮。小娘子呀，你知道這一對新郎新娘有多大歲數了？說來你不信，他們都二百歲了。他們修煉成精變成人形，才有今日之喜結良緣。」

桃兒說：「你吹吧，我們女子國國人的壽限算長的了，也不過一百五十歲。照你這麼說，你的女兒都二百歲了，你

是多少歲？」

　　蘭王子說：「我已五百歲了，我的父王已八百歲了。在軒轅國，無論是國人還是精類，壽限都在八百歲以上。活得長了，婚男嫁女就成了一種樂趣，難道女子國不喜歡這個？」

　　桃兒說：「女子國沒有這個嗜好，女子國的女人不用婚男嫁女。」

　　蘭王子說：「小娘子又說笑了，女人不婚嫁哪裏有孩子呀？」

　　桃兒說：「你這人怎麼這麼煩呀！我告訴你吧，女子國有一棵千年老樹，上面結一種果子，把外面的皮剝了，可以看到硬果，敲開後裏面有一個果仁，白白的，像一個人的模樣，女人吃了就會懷上孩子。女人十三歲就開始吃，哪怕老了，吃了也會生孩子。這樹叫作女樹。」

　　蘭王子說：「這就奇了。」

　　桃兒說：「奇事還有呢，就說圍着女子國的那條河吧，女子國的女人從沒有人碰過河水，誰要是碰過河水，這輩子就不會生孩子了。所以，女子國的女人從來沒有人到外面去過。只有女王曾經去軒轅國赴壽宴，那是奇肱國國王派飛車來接的，那種飛車是乘風而行的。記得女王上飛車時，整個女子國都沸騰了。你說，你從軒轅國來，那你是怎麼來的？」

　　蘭王子說：「是從水路來的。軒轅國有一條涵洞直通女

子國的這條圍城河。我們都是水老鼠，二三百里水路，只需半天就到了。」

桃兒說：「好啦，好啦。你這人不在軒轅國裏迎親嫁娶，跑到女子國來瞎起哄做什麼？」

蘭王子說：「父王說，他曾見過女子國國王，非常嬌美，那個國家的女人都很漂亮。我喜歡漂亮的女人，所以帶着孩兒們來玩玩。」

桃兒說：「蘭王子，我跟你說實話吧，女王不想殺你。」

蘭王子說：「謝女王恩典。」

桃兒說：「蘭王子，我好言相勸，你就回去吧。」

蘭王子說：「小娘子的好意我心領了，但我必須把這場婚禮進行到底！」

桃兒說：「蘭王子，我求你別逼我了，女王並不喜歡你的做法。」

蘭王子說：「我也求小娘子了，讓我們穿過集市走到前面那條河的堤岸，我們的婚禮就結束了。」

桃兒執意說：「不行！一步也不能走！請回吧。」

蘭王子堅定地說：「這個婚禮我辦定了，請你讓路。」

桃兒一着急又拔出佩刀來喝道：「好言相勸，跟你囉唆到現在，還是不聽！那就刀下不留情了！梨兒、杏兒、棗兒、李兒，上呀！」

桃兒率衞隊舉着刀衝了上來，但並不真的把刀砍下去。蘭王子的婚禮隊伍繼續敲打吆喝着前進。這支隊伍比上次的更

為龐大了，桃兒她們一下子擋不住，只能退在一旁怒目而視。

蘭王子的婚禮隊伍並無其他過激行為，只顧自己喧鬧向前。集市的女人們躲得遠遠的，掩着鼻子窺探着，因為老鼠身上的氣味太熏人了，當場熏得暈倒了幾個老婦人，女人們隨即嚇得逃離開了。

下 篇

桃兒把集市上發生的情況報告給了女王。

桃兒焦急地問：「尊敬的女王，這可怎麼辦呀？幾個老太太當場就被老鼠的氣味熏倒了。」

女王伸出一根尖尖的食指，往前用力一戳，說：「吩咐水土師率眾築堤壩，把水老鼠擋在河裏，不讓他們上岸！」

桃兒得令而去。

一時間，女子國不分老幼都去山上搬運石塊堆砌堤壩圍河。不消十日，一道一人多高堅固的石堤壩就建好了。

就在石堤壩建成的第三日，天剛曚曚亮，石堤壩上出現了驚人的一幕：成百上千的老鼠在壩底下分幾路玩起疊羅漢的遊戲。一隻大老鼠在最下面，然後又一隻老鼠爬上去，再一隻老鼠也上去了。就這樣，一隻又一隻，疊了三四十隻老鼠，最後就爬到頂了。頂上的那隻老鼠甩下一根細藤條，老鼠們都「嗖嗖」跳蹦着「吱」的一聲躥上了壩頂。蘭王子看着鼠兒孫的表演拍手稱快，上了頂的老鼠們開心死了，用

女子國

11

長鬍鬚尖嘴在對方的臉上蹭來蹭去，表示親熱與慶賀。頂上又有老鼠甩下幾根細藤條，老鼠們又都蹦跳着「嗖嗖」下了地。蘭王子縱身一躍就上了壩頂，又一躍落了地。蘭王子在那裏整理隊伍，把老鼠們化妝打扮一番。這是蘭王子嫁第二個女兒了，新娘新郎都化出了人形，臉上塗脂抹粉，新娘披上了紅彤彤的玫瑰花裙，新郎胸口紮了一朵大紅牡丹花，下穿粉紅小花月季松針裙。老鼠們又列成了方陣，舉起了竹竿方牌，敲着竹鼓，喊叫着上路了。

這支婚禮的隊伍又到了集市。那時天已大亮，集市上的女人們仍舊快樂地交換和挑選自己的衣裙、頭飾、胸飾、掛件等心愛的打扮物件。不過，女人們都戴起了一副花兒的面具，她們作了充分的準備，即使老鼠的婚禮隊伍出現，也不至於被老鼠的氣味熏倒。顯然，女子國的女人們知道老鼠婚禮的隊伍不會做出害人的事，於是乾脆站在一旁看這支隊伍走過去，也覺得蠻好玩的。這時，桃兒帶領的衛隊也沒有再去強加阻攔，而是讓婚禮的隊伍順利地通過了集市。而且桃兒發現婚禮的隊伍越發壯大了，攔是攔不住的。

桃兒又向女王作了稟報。

桃兒問女王：「尊敬的女王，這可怎麼辦呢？殺又殺不得，打又打不得，難道往後就讓老鼠成親的婚禮隊伍進行下去？要知道老鼠精還有二十八個女兒沒有出嫁呢！」

女王的小指尖兒彎了兩彎說：「不行！加高堤壩！」

桃兒遵命而去。

　　女子國已經沒有了白天黑夜。夜晚，人們也都點着火把在搬運石塊，堤壩不斷地在增高，最後堆砌成一個圍河的城牆了。城牆上增派了人日夜巡邏，不讓老鼠有機可乘，桃兒的衞隊也由四五個人壯大到二三百人。

　　高牆兀立，應該萬無一失。從城牆上看下面一覽無餘，任何動靜一清二楚。女子國的老老少少都很累了，誰都覺得可以高枕無憂了。

　　誰料想，這天，又是天剛放亮的時候，高城牆內再次出現了一支更龐大的娶親隊伍，還是老鼠嫁女。蘭王子嫁第三個女兒了。

　　這支隊伍是怎麼進來的？原來老鼠打洞是天生的本領，蘭王子讓鼠兒孫們從河堤岸上的鼠洞宮內開始打洞，一直穿過城牆地底下，最後到了城牆內。

　　這支迎親的隊伍已經浩浩蕩蕩望不到頭了。他們不僅敲擊竹鼓，還吹起了牛角號，舉着竹竿牌，有的老鼠還踩着高蹺，嘰哩呱啦呼喊聲一片。

　　鼠多勢眾。女人的花草面具也擋不住熏人的氣味，當場有幾個人被熏得昏迷不醒。一時間，女人們從集市裏逃得精光，丟棄了一大堆女人們心愛的打扮物品。

　　這回，桃兒慌張地奔到女王宮內，上氣不接下氣地說：「尊敬的女王，老鼠又進來了。」

　　女王收攏了所有的尖指，捏成一個拳頭，問：「怎麼進來的？」

桃兒答：「從河岸打洞進來的。」

女王鬆開拳頭，舒展開尖尖的五指，說：「看來怎麼也擋不住這群老鼠了，不過還得想想其他辦法。」

桃兒哭喪着臉說：「尊敬的女王，我們要遭殃了。」

女王的尖指上下顫動起來，呵斥道：「不要胡說！」

桃兒不敢吱聲了。

這時，梨兒、杏兒、棗兒、李兒接連來報，從集市中回去的老人、孩子中有人嘔吐，有人暈厥，有人呼吸困難。甚至沒有去過集市的也都頭昏目眩起來。最嚴重的是，當場暈倒的幾個老人已大小便失禁。女子國的人對空氣氣味十分敏感，要知道，她們是把氣味當飯吃的。空氣污濁了，等於斷了她們的口糧。

女王的宮殿雖在百花叢中，又在四周牆角堆了半尺厚的薄荷葉，可她那精緻小巧的鼻子還是聞到了老鼠身上的氣味。她的頭也有點兒暈乎起來，呼吸不那麼順暢了。她杏仁眼一瞪，說道：「桃兒，你去把蘭王子請進宮來，本王想會他一面。」

桃兒為難地說：「尊敬的女王，我怎麼去找他呀？他與老鼠群都在堤岸的洞裏，我沒法進去的，只能等他嫁第四個女兒了。」

女王說：「桃兒，你去派人日夜守住老鼠挖的洞口，一旦蘭王子出現，就把他請來。」

桃兒應聲而退。

　　隨即，桃兒在巡查中發現，老鼠通往城牆內的所有洞口已被自願巡查的民眾用石塊嚴實地堵了起來。桃兒只得找了幾個壯實的女人與她的衛隊一起把洞口重新挖開來。其中有個叫二瓜的女人不解地問：「我們的人都被老鼠熏得生病了，難道我們還要歡迎他們來嗎？」

　　桃兒解釋說：「這是女王的命令，女王想與老鼠精見面。」

　　二瓜說：「女王也太仁慈了。殺幾隻老鼠，老鼠還敢來？」

　　桃兒說：「女王素有善心，女子國何曾動過殺戮之念，哪裏有血腥之氣？所以，女子國山上的老虎、豺狼等凶獸都是溫馴的樣子，從不傷害小動物。此次女王想召見老鼠精，讓我在此迎候鼠精蘭王子。」

　　二瓜說：「什麼蘭王子？」

　　桃兒一五一十地把蘭王子的來歷說了。二瓜說：「看來這老鼠精倒也不是壞人。」

　　她們正說着，只聽得洞口有窸窸窣窣的聲音，再看是一隻大老鼠探頭探腦的。桃兒喊道：「老鼠！」老鼠嚇得縮進了洞。桃兒忙再喊：「老鼠，你別走呀！告訴你蘭王子，我們女王要見他。」

　　桃兒對着洞口連喊數遍，也不見洞裏有回音。桃兒覺得老鼠哪能聽懂人說的話，看看洞口又如此之小，人又鑽不進去，無法給蘭王子通報女王的口諭了。

　　桃兒正思忖之間，只見一個人影上了城牆，轉眼之間，

那人飄落在地上——正是蘭王子。蘭王子雙手作揖一鞠躬說：「請教小娘子，有何貴幹？」

桃兒一臉笑容迎上前去，說：「蘭王子，這回你大喜了，我們女王要召你進宮面敍。」

蘭王子說：「真的大喜了，我也想見見這位至高無上的女王呢！現在就去？」

桃兒說：「現在就去。」

桃兒率衛隊在前面引路，不一會兒就到了女王的花宮門口。桃兒對蘭王子說：「請蘭王子稍候片刻，我去向女王通報一聲。」

桃兒急速來到女王面前，稟報道：「蘭王子來了。」

女王吩咐道：「快請。」

桃兒應道：「遵命。」

桃兒領着蘭王子來到女王座前。女王的尖指兒一揚，輕聲道：「你就是蘭王子？」

蘭王子深深地拱手一鞠躬說：「至高無上的女王，在下正是。」

女王的尖指兒又一揚，聲如鶯啼一般地說：「請蘭王子落座。」

蘭王子在一個考究的雕花圓石凳上坐了下來。這時，蘭王子仔細打量着眼前這位傳說中的女王，只見女王披着海棠花披肩，露出細細白嫩的脖子，一件緊身的紅杜鵑背心裹着嬌小玲瓏的身子，靈芝牡丹長裙蓋到腳面，面如皎月，美眉

秀目，如天仙一般。

此時，女王也在細細地瞧着蘭王子，但見蘭王子滿頭插着白色的蘭花，蘭草胸甲，豹皮腰裙，赤足，一足踝上吊着一圈骨針，氣宇軒昂，面色白皙，眉清目秀。蘭王子俊俏儒雅的模樣讓女王看得眼睛發直，她曾在軒轅國為該國國王賀壽時見過君子國的國王也是這般氣派，讓人心跳耳熱。

女王不禁問道：「蘭王子來到本王僻壤小國也有些日子了嗎？」

蘭王子忙回話道：「至高無上的女王，不瞞你說，已有三月之久。」

女王說：「蘭王子，你也是有身份的人，你不覺得你做的事缺少禮數嗎？」

蘭王子說：「至高無上的女王，小王愚陋，但請面教。」

女王和顏悅色地說：「蘭王子，貴體不請而來，擅自闖入，這是其一缺禮。來而非禮，攪亂民心，這是其二缺禮。拒之以外，執意強入，這是其三缺禮了。還要我多說嗎？」

蘭王子點頭含笑，連連稱是道：「至高無上的女王，你說的都在理，我無可爭辯。我雖異類，但修煉數百年成精化人，這是對人的仰慕。仰慕之心人皆有之，剛才你我互視對方，其實我能猜到女王的心思，女王見我氣度非凡也心動愛慕，小王見女王美若天仙也是難掩思慕。終究我是異類並非人類，這種仰慕是不含邪念、惡念、醜念的。尊敬的女王，你說是嗎？如果異類有非分之想，有惡行、惡跡，女王

儘管將其拒之門外。我等異類學人做人，做的當屬是人的善行樂事，而人的醜行陋習小王是一點兒不沾的。小王娶親嫁女都是喜事、樂事，小王本意想把這等喜事、樂事與至高無上的臣民同樂，想不到弄出許多麻煩事來，小王深感內疚不安。」

蘭王子這番話講得女王面頰通紅，羞澀難言。

蘭王子又說：「至高無上的女王，今日得以受到召見，已是不勝榮幸之至；又一睹女王芳容，更是三生有幸，小王已是知足。倘若女王不歡迎小王再舉辦嫁女婚禮，小王立即啟程返回軒轅國，決不遲疑片刻。」

女王翹了翹尖指道：「蘭王子休怪本王指責，迎親娶親本國雖沒有，但本王也非孤陋寡聞，本王到軒轅國祝壽時也見過那種喜慶儀式。本王治下一概女流，祖上傳下自己的風俗，無需婚慶嫁娶也可繁衍後代，國人都已清心寡慾慣了，不會受到任何誘惑。婚慶嫁娶作為一種喜慶樂事，本王也不想強令禁行。只是老鼠身上的氣味太重，本王與臣民受不了，許多人因此而生病了。」

蘭王子忙說：「至高無上的女王，原來是這個事，是小王疏忽了，請女王恕罪。我嫁第四個女兒時，一定不會再帶來不好的氣味。請女王放心。」

女王手一揮說：「好，蘭王子，一言為定。送客。」

桃兒陪同蘭王子走了。

三日之後，蘭王子嫁第四個女兒的婚慶隊伍浩浩蕩蕩出

現了。老鼠們的打扮完全變了，渾身的黑毛與尾巴都被細長的蘭草裹包得嚴嚴實實的，連尖臉兒也被蘭草包得只剩下兩隻眼睛，鼠頭上扣一頂紫色蘭花環冠。新娘身穿純白的蘭花裙衣，戴純白的蘭花頭冠。新郎卻着粉紅色的蘭花大袍，頭戴粉紅的蘭花頭冠。蘭王子披橙色蘭花大氅，着虎皮裙，頭戴橙色蘭花環，上插兩根花斑雉羽。老鼠們一出洞口就蘭香奇異，隊伍還未走到集市，這沁人心脾的蘭香已飄進女子國的千家萬戶。那些嘔吐的、暈厥的、病沉的女人們頓時症狀消失殆盡，神清氣爽，活蹦亂跳起來。女人們一打聽，得知女王恩准老鼠舉行嫁女婚禮，更是雀躍歡呼，一時間都擁向集市，這種女子國從未有的歡樂使集市人山人海。

　　女王召見桃兒，問：「怎樣？」

　　桃兒回：「尊敬的女王，大家都說女王英明。」

　　女王翹着蘭花指，說：「來，把本王的一條牡丹花裙賞給蘭王子。」

　　隨即，一宮女雙手捧出鮮豔無比的綠牡丹花裙。

　　桃兒鄭重其事地接過花裙轉身走了。

　　女王賞蘭王子花裙，使集市沸騰起來。

　　蘭王子把女王花裙高舉頭頂在前面走着……

　　自此，女子國集市每半個月就有老鼠嫁女的娛樂活動。

　　後來，女子國有了一個百種蘭花園。

故事取材

《海外西經》

原文：**女子國**在巫咸北，兩女子居，水周之。一曰：居一門中。

譯文：女子國在巫咸國的北面，有兩個女子居住在這裏，四周有水環繞。另一種說法認為女子國的人住在一道門中。

原文：**軒轅之國**在此窮山之際，其不壽者八百歲，在女子國北。人面蛇身，尾交首上。

譯文：軒轅國在窮山旁邊，那裏的人不長壽的也能活到八百歲。軒轅國在女子國北面。國民人面蛇身，尾巴盤繞在頭上。

軒轅國（清·汪紱圖本）

軒轅就是黃帝，姬姓，因居住於軒轅之丘而得名軒轅。他出生、創業和建都在有熊（今河南新鄭），所以又稱有熊氏，因有土德之瑞，故號黃帝。黃帝在阪泉戰勝炎帝，在涿鹿戰勝蚩尤，最終被各路諸侯尊為天子，後被人尊為中華民族的始祖。

無影國

張錦江 文

有壽麻之國。

南嶽娶州山女，名曰女虔。

女虔生季格，

季格生壽麻，

壽麻正立無景，疾呼無響。

爰有大暑，不可以往。

【大荒西經】

上篇

壽麻國國王已經老了。他衰老得厲害，虛弱使他很少走路，白天黑夜大多時候都是躺着的。日久天長，他的身體浮胖了許多。只有吃飯時，他才被人從一張堅固的大木牀上扶起來。他必須站着吃飯，因為坐着、躺着都不能吞嚥食物，那樣，他會咳嗽得嗆死過去。一說到他的咳嗽，壽麻國的每個人都知道，很是嚇人，咳起來的聲音又響又粗，還伴隨着上氣不接下氣的尖銳刺耳的哮叫。國王住在一個大石洞雕琢成的石宮內，無論晝夜都有衛士把守着，還有國王侍臣守護着。國王的撕心裂肺的咳嗽聲常使他們提心吊膽，魂飛魄散——誰都清楚，國王的病很重，隨時都會死去。

這位國王很受壽麻國的臣民們愛戴，誰都不想讓他死去。壽麻國的臣民們都感恩地記得，就是這位叫壽麻的人，帶領一批族人逃離他們的祖籍地不周山。那時，北方之帝顓頊追殺水神共工，共工怒觸不周山，以至天崩地陷。不周山頭領壽麻事先得靈山十巫之首巫咸的預箴，而避滅頂之災，到達離不周山數百里之遠的大荒之中的常陽山屯居。那時，

壽麻人高馬大，氣宇軒昂，得眾人擁戴。他佔山為王，且稱自己的小國為壽麻國。

無奈日月如梭，一晃數十載，壽麻年老力衰，病成這樣，死期將近。國民憂心如焚，派人到處求醫。突然有人想起巫咸，急去接請。不日，巫咸到了。且看巫咸長相：這是一位仙風道骨的老者，慈眉善目，上額皺紋很深，有兩撇八字眉，下頦唇下垂山羊長鬍；身着寬鬆的青色道袍，拖地裙擺下腳蹬一雙淡黃雲鞋。

壽麻國人人皆知，巫咸法力通天，於壽麻王有救命之恩。那日，壽麻在山中被一毒蛇咬傷，生命垂危，被雲遊的巫咸見到。巫咸掏出袖中一小瓶藥丸，含在口中用唾液化開後往傷口一塗，手到病除，救了壽麻一命，兩人便結下生死之誼。之後，巫咸預卜天災，又救了壽麻與族人的性命。壽麻國人對巫咸感恩戴德，奉若神靈。其實，靈山十巫都能從靈山往返於人間與天上，實為半人半仙。

此時，巫咸從靈山趕到，石宮前已跪倒了一片民眾，個個撲地哀求巫咸，撕心裂肺地號叫道：「大仙呀，求求您救救壽麻王吧！」

眾人對壽麻王之情之誠使巫咸動了惻隱之心，他扶起跪拜的人說：「都起來吧。且讓我瞧瞧壽麻王的病情。」眾人依舊跪着不肯起來。

巫咸走到壽麻王牀前，輕呼一聲：「壽麻王，您受苦了。」

壽麻王一見巫咸來了，嘴無力地哆嗦了一下：「大仙，來啦。」

他眼睛一熱，心裏一動，接着發出好一陣地動山搖的咳喘聲。待他稍稍平復後，巫咸伸出左手兩根手指為壽麻王搭脈，又扒看他的眼睛，再看看舌苔。巫咸沉吟片刻，用右手撫着山羊胡，說道：「壽麻王，這病難醫，但你可以不死。你想想清楚，是否願意？」

眾人一聽壽麻王可以不死，都呼喊起來：「大仙，只要壽麻王能不死，我們都願伺候他。」

巫咸說：「既然眾人這樣說了，我去去就來。」

說完席地雙腿盤起，頓時消隱得無影無蹤，眾人驚愕不止。

不消片刻，巫咸提着一個大葫蘆進來了，嘴裏唸唸有詞：「來了，來了。好了，好了。」

巫咸走到壽麻王的牀前，把大葫蘆一晃，說道：「壽麻王，這是我從員丘山下一眼叫赤泉的泉水中汲來的，喝了這泉水就可長生不死。但是，有一點你可記住，一旦喝了這水，你的影子從此就沒有了。這世上沒有影子的只有兩種，一種是鬼，鬼是沒有影子的；一種是仙，仙也是沒有影子的。我不會讓你做鬼，那你一定是仙了。你就喝了，成仙吧。」

壽麻王一聽連忙搖頭，他心一急，便咳喘起來，咳得他在堅固的大木牀上顛跳着。大木牀「咯吱咯吱」地響起來，發出斷裂的聲音。他一句話也說不出來，只是一個勁兒地搖頭。巫咸安慰他說：「我的好王，別着急，慢慢說。」

　　巫咸用手輕撫着壽麻王的胸口，壽麻王還是說不出話來，只伸出右手食指，顫抖地搖了搖。一旁有個瘦臉侍臣猜測說：「大王想讓王后也成仙。」

　　壽麻王越發急了，把食指放了下來，又發出一陣撕心裂肺的咳喘。巫咸又安撫道：「我的好王，別着急，好好，不是這個意思。」

　　這時，壽麻王張開了雙手，十指顫晃着。一旁有一白面侍臣也揣測說：「大王也許想讓十個王妃都成仙。」

　　壽麻王這下咳得尖叫起來，張開的十指並不放下，嘴巴咧歪了，說不出一個字來。一旁有一紅臉老侍臣又猜想說：「大王有五子五女，又疼愛兒女，該是想讓兒女們都成仙吧。」

　　這話讓壽麻王咳得暈厥了過去。他頭一歪，像死了一樣。眾人慌亂，哭喊起來：「大王啊，你不能死呀！」巫咸並不慌張，用大拇指按壓壽麻王的人中。不一會兒，壽麻王緩緩地睜開了眼睛，奇怪的是，他沒有再咳一聲，而是開口說下了這番話：「大仙，我一個人不死多沒有意思呀，讓我的國民們都喝上這泉水，讓所有的人都不死吧。」

　　懷着慈愛之心的國王呀，讓所有在場的人都感動得熱淚盈眶。

　　巫咸說：「我的好王，我明白了，您伸出一個手指是代表您自己，您不要一個人成仙；而張開十指是代表舉國上下的臣民，您要壽麻國所有臣民都成仙。我說的沒有錯吧？」

壽麻王點頭。巫咸又說：「話說回來，你們如果都成仙，那麼就都沒有了影子，你們都願意？」

眾人欣喜若狂，誰不想着長生不老呢，影子沒了有什麼關係，便一致應道：「願意。」

巫咸再次問道：「不會後悔？」

眾人聲響如雷：「決不後悔！」

巫咸又重重地說了一句：「後悔藥是沒有的呀！」

眾人決心已定，齊聲說：「大仙，快快讓大王先喝吧！大王成了仙，我們再喝，跟着成仙。」

於是，巫咸讓壽麻王對着葫蘆口先喝了一口。壽麻王覺得這泉水剛到嘴裏時涼涼的、甜甜的；嚥下肚去，又像有一股暖流一直暖到丹田。壽麻王絲毫不懷疑他喝的神水，從此他就是仙人了。不過，他看看巫咸手中的葫蘆有點兒擔心起來，便問：「大仙，這葫蘆雖大，但我的國民也不下萬人，怎能夠喝？」

巫咸說：「我的好王，儘管放心吧，不要說萬人，即使有更多的人，每人一口也是夠喝的。喝到最後，請你們把剩水和葫蘆送至常陽山頂最高的一塊石頭上，我自會來取。順便提醒大王：必須落日之前送達，否則災難臨頭！」

這時，壽麻王飄飄欲仙地從牀上爬了起來，也未要人攙扶。他下了牀，手一揮，說道：「在場的人每人先喝一口，然後，泉水由侍衞護送，挨家挨戶地喝，不要漏了任何一個人。」在場的人都依次喝了一口泉水。

　　只見，壽麻王逕自往石宮外走去。喝了水的人都尾隨而去。此時，正是四月初夏，太陽暖洋洋地照在石宮外。當壽麻王走到日光下時，所有人都驚呼起來：「大王的影子沒了！」隨即，到了洞外的人也都喊起來：「我的影子沒了！」驚恐的臣民看看壽麻王，又都互相看着，不知如何是好。誰也沒有注意，巫咸悄悄地消失了。

　　喝過水的人失去了影子，雖說是成仙了，人還是原來的樣子，並無任何區別，但失魂落魄的心事卻纏上身；而那些未喝的人還在爭先恐後地搶着喝。

　　到了夜晚降臨的時候，壽麻國的臣民們都不約而同地來到常陽山山坡上。壽麻國的常陽山是太陽與月亮出入的地方。月色很好，山坡上站着密密麻麻的人。壽麻王登上一塊高高的石台，望着台下的萬千臣民，那些臉在月光下都是青白色的。

　　這是壽麻國祭祀山神的地方。這位山神叫石夷，掌管着太陽和月亮的執行時間。這位老神仙可以一手托着太陽，一手托着月亮，想要讓太陽和月亮在常陽山待多久就待多久。壽麻國的人盼石夷讓太陽照在常陽山的時間短一點兒，因為太陽落在山中，壽麻國就如火焰山一樣，熱不可擋，常人是不可近前的。所以，這裏的山土都是火紅色的，每個人的臉上、身上的皮膚都如炭一般黝黑。壽麻人祭祀石夷山神時也通常在月圓之夜。此日，壽麻國有了驚天之變，從壽麻王到普通臣民一時間都成了不死的仙人，得先稟報山神石夷，以

求太平。其實，壽麻王對於失去影子的臣民們的憂慮早看在眼裏，他必須安撫臣民，因為山國驟變都是他的主見，若是臣民因成仙而遭難，他將無地自容了。

祭祀的供物是精心備下的，有齊全的豬、牛、羊三牲，用了上好的金黃稻米，還有青、黃、赤、白、黑五樣色彩繪飾的十五塊玉圭、十五塊玉璧，玉碗中盛着壽麻王酒。祭司唸唱祭祀神曲後，祭祀儀式開始了，兩位健壯男子把三牲抬起後莊重地放進事先挖好的坑內，再用工具把土填好。然後，他們又將玉圭、玉璧再搬至另一坑內填上。接着點燃了兩束火把，插在酒罈台前。

這時，壽麻王張開雙臂，用蒼涼的聲音仰天呼叫起來：「我們的石夷天神呀，保佑壽麻國太平無事吧！」頓時，萬千人齊聲虔誠地對天喊道：「我們的石夷山神呀，保佑壽麻國太平無事吧！」奇怪的事情發生了，壽麻王與眾人如雷的喊聲卻如石沉大海，在山谷中居然沒有了回音。唯獨能聽見兩個孩子悅耳如天籟之音的回聲。這讓所有的人都驚呆了——也就是說成為仙人後，他們不僅失去了影子，還失去了在山谷中喊叫的回音。山坡上死一般地寂靜。大家的眼睛都驚恐地瞪得大大的，試圖尋找兩個孩子。

皎潔的月光下，站着兩個孩子。這是滿山坡的人中，僅有的兩個有影子的人。這是一男一女兩個孩子。男的叫童童，女的叫樂樂，這是童家與樂家的兩個孩子。男孩九歲，女孩五歲。壽麻國的民居皆是山洞，因為太陽歸山之後，外

面炙熱得無法安生，只能鑽進陰涼的山洞而居。壽麻國有數也數不清的山洞。童家與樂家的山洞毗鄰。兩個孩子雖分男女，但都長得又黑又瘦。男孩短髮，鼻臉飽滿，厚唇，濃眉下的一雙眼睛黑白分明，上身赤膊，下身圍一草裙，赤足。女孩呢，烏黑的長髮披肩，頭箍一頂白色的小花圈，眉眼都細細長長的，左右耳垂上吊着兩環藤條，也赤裸上身，下身圍草裙，赤着腳。

壽麻王看得真切，便用溫和的口氣問：「童童，你沒有喝泉水？」

童童搖搖頭說：「沒有。」

壽麻王又問樂樂：「樂樂，你也沒有喝泉水？」

樂樂也搖搖頭說：「沒有。」

壽麻王自語道：「這就奇怪了！」又問：「你們的爹媽呢？」

這時，一旁閃出了童爹。童爹說：「大王，這倆孩子貪玩，不知跑到哪裏去了。找到他倆時，太陽已下山了，護送泉水的侍衞早走了，耽誤了喝水。」

又一旁閃出樂媽：「是的，是的，都怪我們管教不好。這可怎麼辦？大王，想想法子吧，也讓娃兒喝上水。」

童爹也着急地說：「大王，求求你行行好，你是我們的好大王，救救孩子吧！」

童爹、樂媽的話一時間引起了眾人共鳴，滿坡的人哭喊起來：「大王，救救孩子吧！」

　　誰都知道，不喝泉水的人最終會死掉。他們不希望這兩個孩子到時死去，所以從心裏發出了「救救孩子」的呼聲。

　　壽麻王心慈，雙眼含淚悲愴地喊起來：「巫咸大仙呀，可憐可憐這兩個孩子吧！救救他們吧！」

　　他的聲音由於沒有回音，一出口就被大山吞沒了。但是，不一會兒，巫咸還是從空中落了下來，口中唸唸有詞：「來了，來了，我的好大王喲，不要心急，老毛病犯了怎麼辦。」

　　壽麻王見巫咸來了，連忙迎上前去，說：「大仙呀，還有水嗎？給兩個孩子喝一口，讓他們也成仙吧。」

　　巫咸一聽哈哈大笑，說：「我的好王呀，這泉水不是隨用隨取的東西。這葫蘆是天上的太上老君盛丹藥的葫蘆，這泉水的源頭是王母娘娘瑤池裏的水，只能用一次，不會再有了。」

　　壽麻王心急上火，咳喘又來了，一時說不出話來。巫咸說：「我的好王呀，讓您不要急，您就是急，您看老毛病說來就來啦。何況，還得問問這兩個孩子，他們的意願又怎樣呢？」

　　壽麻王稍稍平復了些，說：「大仙說玩笑話了，哪個小孩子想去死呢？問就問吧。」

　　巫咸轉過身去，走向兩個孩子。他站定後，先問童童：「孩子呀，你想喝能讓人不死的泉水嗎？」

　　童童歪了歪頭，說：「老大仙，我不想喝。」

　　巫咸問：「孩子呀，你說說，為什麼呀？」

童童說：「老大仙喲，我一喝泉水，影子就沒有了。影子一定會難受的。我不想讓他難受。」

巫咸點了點頭說：「這孩子說話有意思。不過，孩子，你不喝，將來會死去的。他們喝過的人都不會死，包括你的爹和媽，還有兄弟姐妹。」

童童說：「老大仙呀，我還小，還沒有想到死，這個問題太遙遠了。」

巫咸又問樂樂：「小丫丫呀，你要喝神水嗎？」

樂樂絞着手指頭說：「大仙仙，我不想喝。」

巫咸問：「嗯，小丫丫說個理由我聽聽。」

樂樂不絞手了，想了想，說：「影子是我的朋友，她天天跟我一起玩，影子沒了多沒勁！」

巫咸又點頭讚許說：「小丫丫說的也是。」又問：「小丫丫，人老了會死的。你喝了泉水就不會老了。」樂樂鼻子一抽，說：「大仙仙，我現在老了嗎？」

巫咸拍手哈哈笑起來。他走到壽麻王面前，說：「我的好王，聽到了嗎？兩個孩子說了自己的心裏話，我們就遂了孩子的心願吧。」

說完，巫咸就消失不見了。

下篇

　　大山沉默了，滿山坡的人沉默了。壽麻王一路咳着回到了石宮。平常的日子還是平靜地過着，壽麻國人的憂心慢慢平復了下去。究竟這兩個孩子是何原因沒有喝上泉水，山國裏靜悄悄地流傳着兩個說法。

　　一個說法是，童童與樂樂在山裏的一片草地上追影子玩。樂樂追着影子快活地唱着：「小人人，小人人，前面走，後面跟。跟到東，跟到西，扮鬼臉，捉住你。」童童一面在前面奔，一面喊：「來呀，捉呀，捉呀！」樂樂人小追不上，童童便故意慢下來，待要捉到他時又溜開了。他們就這麼樂此不疲地追逐着，一直到太陽落山才回家。

　　還有一個說法是，童童與樂樂鑽山洞去了。常陽山的山洞神祕莫測，山洞內有地下水，水裏還有各種各樣的魚。壽麻國的人喝的是山洞裏的水，吃的是水裏的魚，還在山洞裏種出金色的稻穀。有的山洞彎彎曲曲，有時大人進去也會迷路。童童與樂樂在山洞中迷路了，天黑了才鑽出洞口。不過時間一久，這兩個傳說也都被人淡忘了。

　　壽麻國似乎不會有什麼驚人的事情發生了。除了童童與樂樂，這個國家的人已適應了無影子的生活。只是，老壽麻王每日仍惦記着兩個孩子將來會死，這成為他的心病。他每日的擔憂使他的咳喘病重新發作起來，在咳喘得厲害的時候，他還不時地派他的侍衛吳回去看看這兩個孩子，以示關

愛。這吳回侍衞只有左臂膀，沒有右臂膀，他的右臂膀被毒蜘蛛咬了，截肢了。他雖獨臂，依舊腿腳靈敏、聰慧伶俐，深得壽麻王喜愛。

吳回每日都稟報說，這童家、樂家的兩個孩子活得很開心，沒有什麼異常的地方。長久以來，他的稟報總是這兩句話。不過，有一天，吳回的稟報有了新的內容。吳回發現遠處荒野的山坡上點燃起一堆篝火，因為遠，看不真切，只覺得人影晃動，似乎有許多人在那裏。吳回覺得奇怪，除了舉辦祀祭活動，壽麻國的人夜晚一般都不外出的，因為山中有毒蛇、毒蜘蛛——自從吳回丟了一條臂膀之後，人們覺得夜晚埋伏着恐懼。吳回想看個究竟，這時，他聽到孩子在唱起一支他熟悉的山裏童謠：

常陽山呀真蹊蹺，

太陽月亮落山包，

谷底不長草，

山坡不飛鳥。

壽麻山洞全是寶，

魚兒溪中游，

洞中長金稻，

人在洞裏像根草，

飛出洞外像隻鳥……

人不如草呀，

草不如鳥……

　　這支童謠似乎並無多大意思，但聽起來很親切。壽麻山谷中已很久聽不到這童謠了，因為壽麻人成仙後聲音失去了山谷回音，嗓音變得乾癟難聽，誰也不想對着山巒唱歌了。

　　吳回三步並作兩步地往人影綽綽的山坡奔去。

　　吳回到達近前，定睛一看，並無一群人影，只見童童與樂樂手拉着手圍着篝火唱着跳着。童童與樂樂見有人來了，立即停了下來。

　　兩個孩子認識這位獨臂侍衛，童童問：「吳大哥有事嗎？」

　　樂樂皺了皺鼻子望着他。

　　吳回說：「這麼晚了還不回家？點篝火玩？爹媽知道嗎？」

　　童童說：「跟爹媽說了，只玩一會兒。」

　　吳回說：「剛才我看到有許多人影子，是怎麼回事？」

　　童童說：「沒有呀，就我們兩個人。不信，你問樂樂。」

　　吳回說：「樂樂是好孩子，從不說謊。剛才人影子那麼多，現在一個也沒有了，好奇怪啊！」

　　樂樂說：「大哥哥，你看，你看，我們不是有影子嗎？」

　　吳回說：「不是你們的影子，是另外的影子。」

　　樂樂說：「大哥哥，影子一人只有一個，哪裏還有別的影子？我沒看見。」

　　吳回無奈地搖搖頭說：「早點回去吧，不要碰上壽蜘

蛛，我就是因為這個只剩一條胳膊了。」

吳回走了。他把晚上見到的情景稟報給了壽麻王。這件事讓老王咳喘了一夜，他意識到那些消失的影子一定還存在着，影子聚在一起做什麼呢？這種現象是凶是吉他難以斷定。

童童與樂樂知道其中的奧祕。

就在壽麻國人失去影子的當天，童童與他自己的影子有一段對話。影子說：「童童，在關鍵時刻你沒有拋棄我，你是我忠實的朋友。」

童童說：「人和影子是一對親兄弟、親姐妹，人在影在，人和影子是不能分離的。一旦分離，人就不是人了。」

樂樂與她自己的影子也有一段對話。影子說：「樂樂，你人小心不小，很夠朋友，對朋友不離不棄，我願意永遠跟你在一起。」

樂樂說：「小人人，我們天天一起玩，好開心好開心喲。」

於是，童童的影子與樂樂的影子把影子們的祕密告訴了他們。當時，童童的影子說：「童童，你必須永遠嚴守影子的祕密，不管什麼時候都不能說出來。」

童童說：「做人就要有做人的樣子，我會嚴守影子的祕密。」

樂樂的影子說：「樂樂，影子的祕密你一個字也不能對別人說，記住啦？」

樂樂說：「小人人，記住啦，半個字也不會說。」

壽麻國人失去了影子，可是影子並沒有消失。影子們在壽麻王影子的帶領下建立了一個影子國。壽麻王影子對影子

們說：「影子兄弟姐妹們，過去我們像奴隸一樣依附着人，人到哪裏，我們就跟到哪裏，我們沒有一點兒自由與尊嚴，聽憑人擺佈。兄弟姐妹們難道不委屈？為什麼兄弟姐妹們要如此寄人籬下，終年無出頭之日？現在人狠心地成了仙，拋棄了我們，這只能說明人的無情無義、人的無心無肺、人的自私自利。這下好了，我們自由了。在這個世界上，我們可以自由自在，隨心所欲，不再受人的奴役。讓我們到處飄來飄去，快活地生活吧。」

　　影子們都覺得影子王說得在理，很擁戴影子王。童童與樂樂的影子也參與了這個祕密的集會。從此，童童與樂樂也被邀請加入了影子們的活動。

　　在影子王的帶領下，影子們如蝙蝠一樣，白天都聚在山洞裏，夜晚就飄出山洞，在壽麻國的各處飛飄着，從山頂飄到山谷，從空中飄到山坡上。影子們追逐着，狂歡着，毫無顧忌地舞蹈着，組合成各種奇妙無比的圖案，有時像山羊，有時像野兔，有時像龍，有時像鳳。影子甚至還飄到了太陽落下去的山谷，影子不怕炙熱，它們烤不焦，燒不着；從太陽那裏又飄到冰冷的月亮身邊，也不打寒戰。影子們快活極了，還舉行篝火晚會，過影子節。有了童童與樂樂的參與，篝火所需的木柴與篝火點燃的問題都好辦了。遇到大風，影子們被吹得四分五散，只要有石縫、石穴，影子就會鑽進去，待風停了再飄飛出來，做着各種遊戲。影子們精力無比旺盛，不知疲勞，沒完沒了地玩着。

　　影子出現的傳說在壽麻國裏流傳着。童童與樂樂就在這流傳中一天天長大了。這時，壽麻國的人發覺有點兒不對勁了。喝過泉水成仙的孩子不再長大；孩子的父母不再老去；原先病重的老人還都癱瘓在牀上，苦熬時光；壽麻國不再出生新生兒。平常的日子過得很快，轉眼之間，童童長成了俊朗的小伙子，樂樂變成了亭亭玉立的姑娘，這對青梅竹馬的孩子，隨即又結成了夫妻。影子們為這對夫妻舉行了隆重的篝火婚禮，童家、樂家的爹媽居然都沒有被邀請。童童與樂樂從此獨立門戶，搬進新的山洞，隨即生了一大堆娃娃。後來，童童與樂樂的娃娃長到與他們的兄弟姐妹一般大了，童童與樂樂的兄弟姐妹還是不見一絲一毫變化，依然是娃娃。娃娃們圍着童爹童媽、樂爹樂媽吵着叫着要成為大人，童爹童媽、樂爹樂媽都無計可施，傷透腦筋。與此同時，壽麻國各家各戶的孩子都吵翻了天，都想要像童童與樂樂一樣長大成人、結婚生子。

　　童童與樂樂帶着他們的娃娃時常與影子們舉行各種各樣的篝火晚會，他們整日快樂地活着。壽麻國的人沉默了，自卑了，羞於與童童、樂樂為伍，童家、樂家爹媽也失去了與童童、樂樂往來的興致。最可憐的還是老壽麻王，吳回每日傳回的消息都使他的咳喘猶如火山爆發。成仙後的結局如此糟糕，他原本是想不到的。他派吳回去靈山找巫咸，請他想想法子。吳回去了十天半月才把巫咸找來了。

　　壽麻王一見巫咸，雖然咳喘不停，但兩隻眼珠瞪得老

大，死死地盯着巫咸的一張老臉看。巫咸說：「我的好大王，你瞪大眼看着我，想說什麼？」

壽麻王咳喘得滿面通紅，半晌擠出一句話來：「大仙，我想死……」

巫咸說：「大王是仙人了，死不掉了。」

壽麻王又擠出一句話：「我一點兒也不想活了……」

巫咸說：「大王，活不活由不得你了。」壽麻王咳喘着，雙手拍着牀，在牀上顛跳着喊：「娃娃都長不大，這是要絕後了，我作孽呀！怎麼辦呀？大仙呀……」壽麻王流淚了。

巫咸說：「我的王，現在唯一的辦法是，把每個人的影子都找回來。」說完，他扭頭就走，一路嘟囔着：「世上是沒有後悔藥可吃的……」

壽麻王立即吩咐吳回去把童童、樂樂找來。他要問他們影子們在哪裏。

不一會兒，吳回帶着童童與樂樂來了，還帶來了童童與樂樂的一大堆娃娃。壽麻王顧不上咳喘了，劈頭便問童童：「影子們在哪裏？」

童童說：「影子們飄來飄去，我不知在哪裏。」

壽麻王又問樂樂：「你們不是時常一起辦篝火晚會嗎？」

樂樂說：「影子說來就來，說走就『呼』的一聲沒了。」

壽麻王再問娃娃們：「我的小娃娃，你們看見影子飄到哪裏去啦？」

娃娃們異口同聲地說：「不知道。」

無影國

39

　　壽麻王眼看問不出什麼名堂，就對童童與樂樂說：「你們去對影子們說，壽麻王請影子們回來。」

　　童童與樂樂表示：「只能試試看。」然後帶着一大堆娃娃走了。

　　據傳，童童與樂樂的影子給影子王傳了話，影子王的答覆是：「潑出的水是收不回來的。」影子王拒絕了壽麻王。

　　壽麻王仍不死心，派吳回帶着幾十個侍衞在壽麻國的溝溝壑壑、山洞、石穴中找了三年零一百天，仍沒有任何收穫。童童與樂樂在壽麻王找他們談完話的當日就帶着他們的娃娃們搬走了，不知去蹤。

故
事取
材

《大荒西經》

原文：有<u>壽麻之國</u>。南嶽娶州山女，名曰女虔。女虔生季格，季格生壽麻，壽麻正立無景，疾呼無響。爰有大暑，不可以往。

譯文：有個國家叫壽麻國。南嶽娶了州山的女子為妻，她的名字叫女虔。女虔生了季格，季格生了壽麻。壽麻端正地站在太陽下時沒有影子，他高聲疾呼而四面八方沒有一點兒迴響。壽麻國異常炎熱，常人不可以前往。

壽麻國（清·汪紱圖本）

相傳，壽麻國原來所在的地方由於地震沉沒，一個叫壽麻的人帶領部分族人提前北逃，免於一死。族人佩服壽麻的先見之明，同時感激他的救命之恩，便擁立他為君王，並改族名為壽麻。

無影國

新說山海經・古國卷

42

原文：大荒之中，有山名曰豐沮玉門，日月所入。有靈山，巫咸、巫即、巫肦、巫彭、巫姑、巫真、巫禮、巫抵、巫謝、巫羅十巫，從此升降，百藥爰在。

譯文：在大荒的當中，有座山名叫豐沮玉門山，是太陽和月亮降落的地方。有座靈山，山中有巫咸、巫即、巫肦、巫彭、巫姑、巫真、巫禮、巫抵、巫謝、巫羅十個巫師，從這座山升到天上和下到世間，各種各樣的藥物就生長在這裏。

十巫（清·汪紱圖本）

巫師是古代以求神占卜為職業的人，巫咸、巫即、巫肦、巫彭、巫姑、巫真、巫禮、巫抵、巫謝、巫羅十個巫師居住於靈山之上，在山上採各種各樣的藥物，並通過靈山往返於人間與天上。

一臂國

張錦江 文

一臂國在其北，

一臂一目一鼻孔。

有黃馬，虎文，

一目而一手。

【海外西經】

　　姚家生了兩個孩子，是雙胞胎男孩。

　　夏家生了兩個孩子，是雙胞胎女孩。

　　姚家的男孩是左邊半體人和右邊半體人，左右合體成一個完整的男孩。

　　夏家的女孩是左邊半體人和右邊半體人，左右合體成一個完整的女孩。

　　這不是兩對怪胎，這是一個國家的正常人種。

　　苦惱始終纏繞着這個一臂國的山民，因為這是一個十分奇怪的國家。這個國家所有的人都沒有一個完整的身體。確切地說，這裏的人只有半邊臉、一隻眼睛、一個鼻孔、半個身軀、獨臂獨手、獨腿獨足。人像用刀從頭頂中央齊斬斬地劈開了一半一樣，連五臟六腑、性別器官也只剩下一半。苦惱就來自半體人是不能單獨行走的，除非獨腿獨足蹦跳着行動，但那不是走，而是蹦跳，如此一來，行動十分不敏捷。

　　世代山民從祖上傳下一種辦法，即把半體人比肩合成一體，這樣就有了雙腿雙足，不僅行走自如，還能像一個完整的人那樣奔跑。問題是找個合適的半體還是很難的，合體

的必要條件是：一是同性別，二是同年齡段，三是同高矮胖瘦，四是左右不同的半體。適合的合體人一旦找到就會形影不離，相伴終生。如果合體的男性與合體的女性彼此心儀，還可以結婚生子，生出的孩子依舊是半體人。在這個一臂國裏，終生找不到適合合體的半體人也不少，山道上常見到一些單腿蹦跳的人，那都是孤寂一生的半體人。

姚家與夏家是近鄰。

半山坡上有兩幢石砌的小屋。

嬰啼聲從石屋的石縫中擠壓出來，很是嘹亮。

姚家與夏家的歡樂自不必說了——各自的一雙兒女自幼就可以合體了。姚家夫婦與夏家夫婦都是幸運的人。姚家夫婦與夏家夫婦其實是八個半體人的合體。姚家夫婦給一雙男嬰起了兩個名字，大兩個時辰的叫姚大雙，小兩個時辰的叫姚小雙，孿生兄弟有兩個姚爸爸和兩個姚媽媽。夏家夫婦給一雙女嬰起了兩個名字，大兩個時辰的叫夏大花，小兩個時辰的叫夏小花，孿生姐妹也有兩個夏爸爸和兩個夏媽媽。

幸福的日子開始了。從表面看，走進石屋門洞的是一對夫婦和一個孩子，外人無論如何也看不出這是六個半體人的完美組合。半體人孩子長得快，男孩、女孩在出生兩個月後就能合體走路了。自此，姚爸、姚媽平日裏不再分開喊孿生兄弟的名字，而是簡化地叫一聲「姚雙」，孿生兄弟就會一齊應聲，彷彿一個人應聲。夏爸、夏媽也是這樣叫的，叫孿生女孩「夏花」，應聲也如同一人。孩子看他們的爸媽，也

覺得是一個爸，一個媽，爸媽說話時嘴唇都是天依無縫地張合着，發出的是一個聲音。孿生兄弟的合體已分不出彼此，合體爸媽也分不出彼此。

這天，姚雙歡快地一蹦一跳地奔進夏家的石屋，他手裏舉着從樹上摘下的兩粒鮮紅的野櫻桃。這姚雙眉清目秀，聰慧伶俐，小小的身子上披一件櫟葉背心，小嘴兒親昵地喊一聲：「夏爸！」就把一粒野櫻桃塞進夏爸的嘴裏。夏爸正用石刀削一根藤條的箭杆，嘴一張：「好甜！」

姚雙喊一聲：「夏媽！」一粒野櫻桃塞進夏媽的嘴裏。夏媽正為夏花編織丁香花的花裙，嘴一張：「好甜！」

姚雙又甜甜地喊了一聲：「夏爸、夏媽，我走啦！」

夏爸停下手裏的石刀說：「這孩子真乖！」

夏媽放下手中的竹針說：「這孩子真懂事！」

這天，夏花像一陣輕微的風飄進了姚家的石屋，她手裏舉着從草地上摘下的兩朵金黃的野菊花。這夏花細眉亮目，小臉兒橢圓精緻，像柳條兒柔軟的身子上罩一件紫海棠花裙，薄唇兒一張，金蛉子的叫聲一般，喊道：「姚爸！」隨後，一朵野菊花插在了姚爸用柳葉編的草冠上。姚爸正用石鑿雕刻一隻石碗，嘴一抿笑道：「花真香！」

夏花又薄唇兒一動：「姚媽！」一朵野菊花插到姚媽的髮簪上。姚媽在為姚雙編織一圈節節草的圍裙，嘴咧着笑道：「花真香！」

夏花纖腰一扭，金蛉子般的叫聲又響了：「姚爸、姚

媽，我走啦！」

姚爸停了手中活兒說：「這孩子真親！」

姚媽也停了竹針說：「這孩子像親閨女呢！」

夏家與姚家像一家人似的生活着。

夏家與姚家合養了一匹馬。姚雙與夏花都喜歡這匹馬，這是一匹小黃馬，身上有老虎斑紋，長着一隻眼睛和一條前腿，當然還有兩條後腿撐着，否則馬會倒下來了。姚雙與夏花喊牠「小黃」。在六月夏天到來的時候，姚雙與夏花一早就牽着小黃去山下了。通常姚雙讓夏花騎在馬上，他自己牽着馬走，因為他是男孩，男孩照顧女孩是天經地義的事。小黃也真乖，一路輕步慢走，不吭一聲。姚雙與夏花不時地與小黃說着話。姚雙說：「小黃，你聽見鳥的叫聲了嗎？」

小黃不說話，鼻孔裏打了一個響的噴嚏，算是回答了。

姚雙說：「這咕咕鳥，天不亮就叫了，這山裏牠醒得最早了。不過我們家小黃也醒得早，咕咕鳥一叫，小黃就打響鼻了，我是被咕咕鳥和小黃叫醒的。」

騎在馬上的夏花也說：「是的，是的，我也是被咕咕鳥和小黃叫醒的。」

在離石屋不遠的地方有一條山道，早晨的山道上空寂無人。山道的一側是一片榆樹林，鳥在林中叫着。

夏花說：「小黃，你能說話就好了，我很想聽你說話。」

小黃又打了一個響鼻。夏花說：「小黃，我知道你能聽懂我的話，你心裏明白，就是說不出來，是吧？」

姚雙說：「小黃哪件事不明白呀？我早晨說，別忘了帶水呢，小黃就把一隻裝滿水的葫蘆用嘴銜了過來。」

夏花說：「對呀，那天夏爸打獵，射中一隻兔子，小黃就奔了過去，隨即把帶箭的獵物一口咬住，然後把獵物送到夏爸手裏。」

男孩女孩一路說着與小黃馬有關的話題，言語中不時地流露出對小黃馬的喜愛，就這樣不知不覺到了一片草地上。

這是一片寬闊的草地，上面長着紫苜蓿，開着小小的紫花，結細豆莢，有三片柔嫩的莖葉，是馬最喜愛的豆科牧草。還有毛茸茸的狗尾草、開着白花的木樨草、粉紅的韭蘭、金黃的蝴蝶草，還有六月禾、羊茅、野豌豆、雞眼草⋯⋯通常，小黃馬一到草地就專心致志地吃鮮嫩的紫苜蓿。小黃馬吃草是從根部開始的，牠用牙齒撕咬草根時會發出輕微的響聲，隔一會兒會打一聲響鼻，大概是享受美味時的感覺很好。

姚雙與夏花這時就滿草地地奔跑，他們笑着叫着相互追逐着。清晨草葉上都是露水，姚雙與夏花的腳都濕漉漉的了。在奔跑的過程中，草叢中飛出了各種各樣的昆蟲，姚雙與夏花便停下來捉蟲。在這些昆蟲中，最小的是灰翅蚱蜢，稍大的是尖頭綠翅蚱蜢，最大的要數螳螂了。螳螂肚皮鼓鼓的，飛起來有「呼呼」的響聲。還有細尾巴、藍眼睛的小蜻蜓。

這時，姚雙會捉住綠蚱蜢冷不丁地放在夏花的頭髮上，

夏花嚇得驚叫起來，姚雙便主動認錯：「跟你鬧着玩的。」

他又特意把綠蚱蜢放在自己光亮的胸脯上，讓蟲子爬，還說：「你看，這蟲不會咬人的。」

夏花開心地笑起來。

姚雙與夏花把捉的昆蟲都放飛了，他們覺得，被捉住的蟲子也會想家的。

他們捉蟲子捉累了，就在草叢中找小青蛙。這種小青蛙，與小拇指差不多大，碧綠色的，跳得很高。姚雙與夏花一旦找到這種小綠蛙，並不用手捉，只是用腳蹬踩着草地，趕着小綠蛙跳，他們就在後面拍手喊笑着：「跳呀！跳呀！」

姚雙與夏花的歡樂在草地上滾動着，他們彷彿渾身充滿着使不完的精力。草地上有許多鮮豔的花草吸引着他們。夏花摘了一大堆雛菊、蝴蝶花、木槿花，然後用狗尾草的莖紮小花裙。姚雙呢，把狗尾草毛茸茸的尾巴摘下來，放在小手心裏，然後對着它哈氣，尾巴裏就會爬出一條條黑黑的如芝麻似的小蟲來。這時，姚雙會趕緊把它扔掉，他覺得這小蟲有點瘮人……

姚雙與夏花在草地上一直忙碌到晌午，然後在樹蔭下喝着葫蘆裏的水，啃着硬硬的黃米餅。他們還會趴在草地上睡一會兒。有時醒來，太陽都快下山了。姚雙與夏花會半躺在小黃馬的身邊，向遠處望着。草地的盡頭是峭壁懸崖，橘紅的太陽就懸掛在崖尖上，太陽光幻化成金燦燦的了，草地上

的草、花都染成了金色的，小黃馬、孩子們也都染成金色的了。小黃馬一動不動地站着，孩子們也一動不動地半躺着。

孩子們與馬踩着金色的草地往回走了。一天就這樣過去了。

孩子們與馬回到了石屋，石屋裏的姚家與夏家又是一片歡聲笑語。

又一個尋常的日子開始了。孩子們與馬走過必經的山道時，碰見了一個老人。

這是一個半體的老人。他是右邊半體人。倘若從右側看，他是一個正常的老人。老人一頭亂髮，頭髮很長，鬍子拉碴，瘦臉上滿是皺紋，有一隻灰白的獨眼。他上身裸露，腰紮一草裙，腿、腳的骨節都很粗大。倘若從左側看，一定會毛骨悚然：你會看到老人半個身體上青筋亂跳，還有一道巨大的疤痕。老人的左半邊塗上了炭灰，恐怖的形狀被掩蓋了。

老人坐在一塊巖石上。他的身前有一個石盤，石盤裏有一條捲曲的小蛇。這時，老人的右手捏着一支細細的竹節短笛吹奏了起來，聲音很好聽，那小蛇昂起了頭。那蛇頭扁平，山裏的孩子都認識，那是眼鏡蛇，蛇牙有劇毒，見到牠要躲得遠遠的。姚雙與夏花自然也不例外，遠遠地站着看。

隨着笛聲，那蛇在石盤中扭來扭去，有時還把頭昂得高高的，很是好玩。

姚雙說：「這是魔笛。」

夏花應和說：「是的。這是魔笛。」

　　魔笛聲停了之後，蛇又盤伏原處。姚雙摸出一個米餅，走到老人面前說：「老伯，這是給你的。」

　　夏花也摸出一個米餅，走到老人面前說：「老伯，這是給你的。」

　　姚雙牽着馬剛想走，老人開口了：「這孩子叫姚雙吧？」

　　姚雙一驚，問：「老伯，你怎麼知道我的名字？」

　　老人哈哈一笑，說：「我不僅知道你是姚大雙與姚小雙的合體，還知道她叫夏花呢！」老人用竹笛指了指已騎在小黃馬上的夏花說。

　　夏花說：「老伯，你真奇了！」

　　老人又一笑說：「神奇吧，其實，夏花是夏大花與夏小花的合體。」老人又說：「我還知道你們的爸媽叫姚爸、姚媽和夏爸、夏媽，他們也是合體爸媽呢。姚家、夏家的事哪一點兒逃得過我的眼睛呀，我都一清二楚。姚家與夏家真讓人眼饞、羨慕呢！」

　　老人說到這裏，把魔笛往石盤中的蛇一指，長歎一口氣：「哪像我這麼可憐，孤苦伶仃，這麼老了，還只能與蛇作伴。心裏不甘呀！孩子！」

　　姚雙與夏花都很同情這個半體人老伯的遭遇，但一時又找不到合適的話來寬慰老伯。

　　臨走時，姚雙說：「明天，我還會給你送米餅的。」

　　夏花也說：「給老伯多送兩個米餅。」

　　姚雙與夏花還有小黃馬，在去草地的一路上都在討論怎

麼幫助這可憐的老人。雖然小黃馬無法說話來表達自己的意見，姚雙與夏花還是不時地徵求小黃馬的意見。

輕風吹過了山道，這是一段散落在清涼的風中的一段對話。

姚雙說：「老伯的處境讓我心裏非常難受。」

夏花說：「我也是，眼淚都快要掉下來了。」

姚雙說：「我們該打聽一下這老伯住在哪裏，我們每天上門給他送餅、送水。」

夏花說：「我也這樣想，老伯走路不方便，又老了，該在家裏歇歇了，還出來做什麼呢？吹笛子逗弄眼鏡蛇，這並不好玩，明擺着這是討飯呢！」

姚雙說：「明天我們一早就這麼做，只是小黃要晚點吃到草了，問問小黃願意不願意。」

夏花撫摸着小黃頭上的鬃毛說：「小黃，明天你晚點吃草好嗎？」

小黃隨即打了一個響鼻。

夏花說：「小黃答應了，小黃把我們的話都聽進去了，小黃同情苦命人兒呢！」

姚雙說：「是的，小黃雖是一匹馬，偏偏牠能懂得人情。」

這天傍晚，草地變成金色的時候，小黃馬的左右耳朵上各掛着一圈苜蓿紫花，背上馱着蝴蝶花、雛菊、木槿花的小花裙。夏花頭上插滿了鮮花，騎在馬上。姚雙牽着馬，踏着金燦燦的陽光往回走了。一路都是幸福的光斑，一路都是孩子們的笑聲。

走到山道上，已不見那個老伯。

這時，姚雙與夏花隱隱約約聽到了哭聲。

在這空曠寂靜的山野裏，這哭聲聽起來很淒厲、很絕望。

姚雙與夏花已經清楚地看到了不遠處的兩幢石屋。

毫無疑問，哭聲是從石屋裏傳出的。

不好！家裏出事了！

姚雙牽着馬拼命地奔跑起來，姚雙與夏花的臉一下子驚得蒼白如紙。

姚雙上氣不接下氣地奔到石屋，只聽哭聲是在夏家。他急切地推開夏家木門，與此同時，夏花也從馬背上跳了下來，隨姚雙走了進去。姚雙與夏花都驚呆了，只見地上躺着一個半體人，那是夏媽的一半，她死了。她是被蛇咬傷致死的。她的小腿上留下幾點血孔，是蛇牙咬的。只見她全身裸露的地方——頭皮、面龐、獨手、獨臂都已經是紫黑色的了。事情發生得猝不及防，這條蛇是從哪裏來的？是的，山野之中常有毒蛇出沒，被蛇咬死也時有發生，即使在屋子裏也會有悲劇自天降臨，這是沒法子預料的。夏媽的另一半跪在地上呼天搶地地喊，悲痛欲絕地哭。哭得人的心都碎了，石頭都裂了。

夏媽的一半真的死了。夏媽的另一半與死了的一半血脈不相通，所以中了蛇毒的一半死了，另一半還會活着。死了的夏媽四周還圍着夏爸、姚爸、姚媽以及剛回來的姚雙與夏花，他們都淚流滿面地哭喊着。姚雙與夏花淚流滿面地跪趴在地上。

活着的另一半夏媽，逐漸從山崩地裂的哭聲中平靜下來，她喃喃自語：「姐呀，你走啦，我也隨你去了，不活了，死了我倆還在一起。」

　　活的一半夏媽比死的一半夏媽年紀稍小兩個月，她們既是姐妹，又是相依相合的一個人。從此，活的夏媽不再吃飯，家人相勸也無用，不幾日也死了。又是哭聲不絕，悲聲連連。兩個夏爸傷心欲絕，見兩個夏媽都死了，便也不想活了，同日都走上絕路，絕食而死。

　　夏家幾日之內，人去屋空，只剩下夏花孤身一人。豈料，夏花也想學爸媽，她每天蜷縮在一個角落裏，不言不語，無神地瞪着一雙眼睛，呆呆地一動不動。姚雙拉着她的手跟她說話，說了許多許多安慰的話，她一聲不吭，毫無反應，滴水不飲，粒米不進。這愁壞了姚爸、姚媽，他們再三勸夏花離開這屋子，到他們家住，夏花沒有任何回應。

　　這天夜裏，夏花做了一個夢，夢見了小黃，小黃居然慢條斯理地說起人話來。小黃說：「孩子，人的生命是世上最珍貴的東西，不能輕易放棄它。」

　　夏花說：「我的親人都死了，我活着還有什麼意義！」

　　小黃說：「幸福與災難是共存的，挺過災難的人，會永遠幸福的。孩子，勇敢地挺過去吧。」

　　第二天，夏花搬進了姚家。

　　就在夏花搬進姚家的第三天深夜，一條小蛇爬上了姚爸的木牀，一口咬了姚爸的腳後跟。姚爸以為是一隻蚊子叮了一

下，並不介意，繼續睡了，可是，天亮之後就再沒有醒過來。

另一半姚爸發覺時，已來不及了。這活着的姚爸捶着胸口號啕大哭，情急之下咬舌自盡。姚媽見丈夫死了，也尾隨而去。

這一切發生得太快了，夏花都來不及想，來不及阻攔。姚雙手足無措，驚恐萬分。這個家一眨眼就毀了，他不知道怎麼會發生這樣的事情，他已經哭不聲來了。

姚雙也準備做傻事，夏花攔住了他喊叫着：「姚雙，你不能做傻事，你要聽我的！」

夏花的力氣特別大，一把抱住了姚雙。夏花與姚雙抱頭大哭起來。夏花一面哭着，一面說：「小黃馬對我說了，我們不能死，人的生命最寶貴。我們聽小黃馬的好嗎？」

姚雙哭着應道：「好的，聽小黃馬的話。」

姚雙與夏花在一臂國左鄰右舍的幫助下為爸媽認真辦理了後事，在山上向陽的地方建了兩座石墳。姚雙與夏花決計要除掉這條蛇，這蛇是毀了他們家的兇手，他們不能放過牠。

又一個清晨，姚雙與夏花從悲傷中醒了過來。他們想與小黃去草地了。在經過山道時，又碰到了那個老伯。姚雙與夏花帶來了自己親手製作的米餅。他們有好多天沒有見到老伯了，發現老伯更瘦更老了，眼窩凹陷了下去，像個大窟窿，好嚇人。老伯沒有吹魔笛，那蛇也不見了，只有一塊空石盤。

姚雙喊了一聲：「老伯，你好嗎？好幾天沒來看你了。」

老人還是坐在一塊巖石上，他嘴巴哆嗦着：「我老遠就聽到你們的腳步聲了，知道你們來了。」

姚雙與夏花看清了，老伯那隻灰白眼睛緊閉着，原來他的眼睛瞎了。姚雙問：「老伯，你的眼睛怎麼啦？」

老人老淚縱橫起來，嘴巴顫抖不止地說：「報應呀！報應呀！……」

姚雙與夏花面面相覷，不知發生了什麼事。

夏花安慰老伯說：「老伯不哭，有話好好說。」

姚雙說：「老伯，眼睛不好，就不要出來啦，跌一跤怎麼得了。」

老人淚如雨下，嘴唇仍然抽搐似的斷斷續續地說着話：「孩子，我在這裏已經等了你們幾天了……你們家裏發生的事我都一清二楚……是我嫉妒你們……我昏了頭，邪惡心生……我用蛇咬死了你們的爸媽，毀了你們的幸福……我是惡人，我該死……孩子們，殺了我吧……我要親眼看到你們殺死我，我的靈魂才會得到安寧……我悔恨呀，我的眼睛已經哭瞎了……孩子們，動手吧……」

老人懺悔着說出了這個驚天祕密。這個可憐的老人居然是害死親人的兇手，姚雙與夏花不曾料到，一時不知如何是好。

不料，一旁的小黃用嘴咬拽了一下姚雙的蓑衣衣角，又咬拽了一下夏花的花裙。姚雙與夏花馬上意識到，小黃要他們趕緊離開這裏。姚雙與夏花在老伯面前留下了一堆米餅

和一隻裝滿水的葫蘆。夏花跳上馬，姚雙牽着馬，不說一句話，扭頭就走了。

路上，姚雙問小黃：「小黃，你是不想讓我們殺了老伯？」

小黃馬打了一個響鼻。夏花說：「小黃是這個意思。」

姚雙又問小黃：「可是，老伯明明是我們的仇人，我一聽到他說出用蛇咬死了我們的爸媽，我的心都恨得快跳了出來！難道我們爸媽的仇就不用報了？」

小黃馬又打了一個響鼻。

夏花說：「我猜測小黃馬在說，老伯已經自責懺悔了，他的眼睛也瞎了，已受到天譴，我們沒有必要去殺了他。小黃，你說對嗎？」

小黃馬仍是打了一個響鼻。

這天黃昏從草地歸來，小黃馬的耳朵、頭上、整個馬背上都掛滿了白色的木樨花，姚雙披着一件紫色的苜蓿背心，夏花的髮髻與身上的花裙，連同腳踝上都裹着金黃的蝴蝶草。

隔天的早晨，姚雙與夏花照例去草地。他們在山道上沒有見到瞎眼老伯，但石盤裏有一條死蛇，是小眼鏡蛇。

自此，姚雙與夏花在山道上再也沒有見到過瞎眼老伯。

故事取材

《海外西經》

原文：**一臂國**在其北，一臂一目一鼻孔。有黃馬，虎文，一目而一手。

譯文：一臂國在三身國的北面，那裏的人都是一條胳膊、一隻眼睛、一個鼻孔。那裏還有黃色的馬，身上有老虎斑紋，長着一隻眼睛和一條前腿。

一臂國（明·蔣應鎬圖本）

一臂國國民只有普通人一半的身體，他們又叫比肩民或半體人。他們的坐騎和人一樣，只長着一隻眼睛和一條前腿。

一臂國

三首國

張錦江 文

服常樹，
其上有三頭人，
伺琅玕樹。

【海內西經】

　　每天天矇矇亮的時候，隱隱約約有一頭獸在覷覦這片林子。

　　林子周邊有了潛藏的不安與預謀。

　　林子在有着火紅巖石的山坡上。

　　這是一片古老的森林，無論白天黑夜都散發着絢麗的天光。這不過是十九棵樹組成的一片森林，但這是十九棵沒有葉子的樹。倘若細看，每株樹的樹幹並不高，但都粗壯得像一個巨大的墩子，四五個人手把手合圍也抱不過來，而樹根似巨蟒那般光滑閃亮。樹十分蒼老，連樹皮也掉光了，佈滿了裂紋、節疤與黑色的孔洞。樹的枝幹也光溜溜的，沒有一塊樹皮。古樹雖蒼老垂暮，卻並不失雄風態勢，樹蓋如盤，沉穩、堅挺如山巖般兀立着，且都垂吊着奇異的樹果。

　　每株樹的樹果不僅形態迴異，還有着好聽的名字，比如說一種叫蝴蝶槐的樹，樹枝上叢生着透亮的小葉片，似白蝴蝶一般，這是白玉質的葉片果。又比如一種叫沙棠果的樹，滿樹吊晃着大紅棗一般的果實，那是瑪瑙紅的棗玉。還比如一種叫文玉的樹，枝頭翹昂着赤橙青藍紫五彩的尖芽，那是五彩玉。再比如一種叫玕琪的樹，它的果長得好像一朵玫瑰

花，這是玫瑰玉。最美的要數那棵叫珠樹的，每根枝條的尖尖上都有一粒閃亮的小珍珠，自然稱為珠玉了。應該說，這樹不是尋常之樹，這樹上的果子都是美玉，是神樹。

這片樹林就在崑崙山的北面。

天帝與眾神下界到人間時就住在崑崙山上。

這是天神在人間的地盤。

有人守護着神樹，守樹的是一個童子。這童子卻長着一副身子三個頭。這不是妖怪。童子來自三首國，三首國的人都是三頭一身。這童子叫離珠。

此刻，離珠正守護在珠樹上。這珠樹還有一個名字，叫琅玕樹。他斜靠在琅玕樹幹中央的丫杈上，那裏龜裂出一個寬大的地方，正適合一個人側倚着。離珠昂着三個頭，這是三個可愛的頭顱，烏黑的短髮，圓圓的娃娃臉，濃眉亮目。這是三雙機警的眼睛，面朝着三個方向，可以全方位地注視着任何一個地方的動靜。哪怕有一絲輕微的動靜，都逃不過離珠的眼睛。離珠身上一絲不掛，全身赤裸，他並不畏懼日曬雨淋，裸露的皮膚已呈古銅色。

離珠有三個腦袋，準確地說，這是三個靈魂，或者說是三人合用一個身子，是相貌一模一樣的三胞胎兄弟。三個腦袋都有自己的鼻孔、嘴巴和眼睛，雖異道但同呼吸，雖異嘴但同食，雖異目但同觀。然而，三個腦袋都會有自己的主見，如果一言不合，三頭就會爭執起來，那會出現什麼樣的情景呢？這是不堪設想的後果：手腳的行動是聽腦袋指揮

的，如果一頭不願動，一頭想動，一頭想等一會兒再動，那麼手腳的行動就亂了套，就會手足無措了。更嚴重的是，如果三頭都怒氣沖頭，互不服氣，就會互咬起來，一定會三頭俱傷。

離珠三胞同身，無法區分誰是老大、老二、老三，但三頭的性格是有區分的：與手、腳、身子同在一面的是正面的頭，他性格開朗，喜歡說笑，暫且叫他笑頭。左側的頭不愛說話，悶聲悶氣，就叫悶頭吧。右側的頭說話慢條斯理，用個慢頭的名字再合適不過了。

離珠身上的笑頭、悶頭、慢頭相安無事，並沒有鬧分離。離珠清楚地知道自己的使命，這三個腦袋只想着一個事：防備天神、地鬼、怪物、人類來偷食神樹上的玉果。

離珠早已注視到了那頭獸的動靜。

此時，古樹林靜悄悄的，一點兒聲息也沒有。太陽熾烈，這是晌午的時候。因為樹上沒有一片綠葉，鳥兒不棲木，蟲兒不沾枝，樹下盡是無塵無土乾裂的紅巖石。當然獸類也不見蹤影。

離珠三頭都直挺挺地一動不動，也不說一句話，他早已經習慣了安靜與沉默，孤寂是常事，任何一句話都是多餘的。離珠不喝水也不吃東西，似乎喝水、進食都會影響注意力。

離珠的進食必須等到黃昏的時候。

暮色照例降臨了。太陽在陡峭的紅山巖尖上，像一個巨大的紅紅的圓盤。紅圓盤被彩色的雲霞裹挾着，霞光萬道。

紅山巖披上了一片金色，林子燦爛起來，那些玉果奇光異彩、五顏六色，天光中飄浮、流淌着一條絢麗無比的彩河。

天空中突然響起了一陣羽翼拍擊的聲音。

離珠的三個頭不再沉默。

童子齊聲唱了起來，這是天使般的天籟之音，純情而悅耳。

童子三張嘴巴大張着，扯着嗓子高昂地唱道：

> 鳳鳥媽媽，
>
> 我是你的孩子。
>
> 仁德的心，
>
> 像山澗的泉水。
>
> 禮義的光，
>
> 如天空的大星。
>
> 誠信的愛，
>
> 似大海的胸膛。
>
> 我愛你鳳鳥媽媽，
>
> 我是你的孩子⋯⋯

鳳鳥來了，拍翼的響動聲如雷霆萬鈞。

這是一群鳳鳥，為首的是一隻最大的鳳鳥。大鳳鳥是最

先飛落在琅玕樹上的，隨後鳳鳥們都飛落了下來，把大鳳鳥圍在了中央。大鳳鳥身高六尺有餘，鳳鳥頭頂鳳冠，雞喙，燕頷，蛇頸，麟臀，龍紋，龜軀，鶴腿。牠的氣勢是在兩扇大翅翼上，張開時如大鵬展翅。牠那美麗的長長的尾巴，飛翔時噴薄如雲，十分飄逸。鳳鳥種為五類，五色而赤者其雌為鳳，黃者其雄為凰，青者為鸞，紫者為鷟，白者鴻鵠。鳳聲「足足」，凰鳴「即即」。此時，一片「足足」「即即」的鳳鳥鳴叫聲響徹樹林。而大鳳鳥正是鳳鳥之王。大鳳鳥的特別之處是其鳥頸上吊一盾牌，頭冠上盤繞一條小金蛇，腳踩兩條小金蛇。飛翔時，腳下的兩條小金蛇就纏在雙腳上。

離珠已不再唱了，他攀上樹枝採摘了一粒珠玉，然後跪在了大鳳鳥面前，雙手恭敬地捧着珠玉，並高高舉過了自己的頭頂。這是鳳鳥進食的禮儀。大鳳鳥低首只輕輕一啄，那粒如豆的玉珠就被吞了下去。接着，離珠又繼續摘下玉珠，一一行跪禮餵食了所有的鳳鳥。

這時，大鳳鳥對着空中長鳴了兩聲。大鳳鳥自由自在地舞蹈起來，牠撲搧着翅翼，抖甩着長長的尾巴，兩隻腳有節奏地踩着，三條小金蛇也都扭來扭去。鳳鳥們都圍着離珠跳起了舞，離珠也情不自禁地手舞足蹈起來……

每次鳳鳥的進食都是在歡樂的鳳舞中結束的。這群鳳鳥白天掌管着天帝帝俊下界的兩座祭壇，太陽快要落山時來到這片樹林，由離珠童子餵食。天天如此。

「呼」的一聲，鳳鳥們都飛走了，只剩下大鳳鳥與離珠。

這時，離珠騎在了大鳳鳥的背上。隨後，大鳳鳥拍翅騰空而起。

離珠隨着大鳳鳥去進食了。大鳳鳥起飛前，留下了三條小金蛇替換離珠守護林子。別小看這種小金蛇，一旦大鳳鳥離開林子，小金蛇隨即變成三條巨蟒，牠們首尾相連把林子團團圍住，任何來犯者都不得近身。

離珠騎在大鳳鳥背上，這是離珠與大鳳鳥最親近的時刻。在離珠心裏，大鳳鳥像他媽媽一樣親。是大鳳鳥把離珠從三首國帶到了這裏。

還記得那天，他陪爺爺上山打柴，爺爺被一隻毒蜘蛛咬了，開始並沒有在意，也只是腳踝上有幾粒小血點。爺爺並不當一回事，爺爺是硬漢，他常說的一句話就是「做人要硬氣」。

爺爺總是說一隻三頭鳥的故事：三頭鳥愛打架，誰也不服誰，每天三個頭都互相咬啄得遍體鱗傷，最後由於三個頭意見不一致，被人抓去當藥引子，治療失眠、多夢症了。三首國中都流傳着爺爺這個故事。爺爺多次告誡他們，三頭人無論如何不能有意見分歧，要團結一心，一心不能二用。

爺爺在往家走的路上倒下了——毒蜘蛛的毒性發作了。爺爺臉色青紫，強撐着說：「孩子，不要緊。」

離珠說：「爺爺，我背你。」

爺爺說：「你人小，背不動。」

離珠說：「我力氣很大，爺爺你相信我。」

離珠居然背起了爺爺，並蹚過了一條小河。過河之後，離珠發覺爺爺沒氣了。他哭着用樹杈、用手挖了一個坑，掩埋了爺爺。他的親人全沒了，父母與奶奶早死了，只剩下他孤單的一個人。

　　這時，他碰見一個仙女，仙女說：「你所做的我都看到了，你是一個有善心的孩子，跟我走吧。」

　　離珠撲到仙女懷裏喊了一聲：「媽媽。」他淚流滿面。

　　仙女說：「別哭，孩子，堅強一點兒。」

　　離珠想起爺爺的話：做人要硬氣。他止住了淚水。離珠三雙眼睛都不再哭了。

　　仙女說：「你們其實是三個人，想的卻那麼一致，像一個人一樣。說明爺爺教得好。」

　　離珠說：「三首國的人都是這樣。」離珠回答仙女的話時，不是三張嘴都在說，而是正面的那張嘴在說，就是笑頭代表另外兩個說了該說的話。

　　說話間，仙女搖身一變，變成了一隻又大又漂亮的大鳳鳥，於是他便騎着大鳳鳥來到這裏看管林子。

　　離珠騎在大鳳鳥身上，隨時可聽到大鳳鳥語重心長的教誨。鳳鳥媽媽告訴他，這片神樹林子是軒轅祖帝當年採擷崒山玉石的精華，投種在鍾山向陽的南坡上，生出了名叫瑾和瑜的美玉。此美玉堅硬而精密，潤透而有光澤，五彩繽紛，剛柔相濟。天神、地鬼、奇獸、世人都想來服食享用。但天帝帝俊只允許樹玉為濟世之用，唯鳳鳥進食的珠玉樹除外。

　　鳳鳥媽媽再三叮囑，這林子是天帝心繫所在，心繫所託，不能有任何閃失。離珠記住鳳鳥媽媽的字字教誨，忠於職守。離珠實際上是林子的小哨兵，他懂得要扮演好這個小角色。而鳳鳥媽媽與一群鳳鳥才是林子的真正守護者。離珠並無多少本領，鳳鳥媽媽只給離珠一把很小很小的弓和一支很小很小的箭，這箭不是用來射殺來犯者的，只是起報信、報警的作用。

　　鳳鳥媽媽說話了：「離珠，今天看到點什麼了？」

　　鳳鳥媽媽能說人話，不再只是發出「足足」的叫聲。

　　還是笑頭先說了：「這幾天一早天色還未大亮時，總見到一頭獸在林子邊上轉來轉去，已經三天了。」

　　悶頭沒說話。

　　慢頭說了一句：「有點不懷好意的樣子。」

　　鳳鳥媽媽說：「我知道，那是一頭六首蛟，牠已活了一千二百年了。牠想吃蝴蝶樹上的玉，那種玉吃下去就會長出一對翅膀，這樣牠就會變成飛蛟，可以飛來飛去，無人可擋，到處殘害生靈。離珠，你可要當心呀，不能有一點兒疏忽，讓牠闖進林子。」

　　笑頭立即應聲道：「鳳鳥媽媽，你儘管放心，哪怕一點點疏忽都不會發生。」

　　悶頭贊同，只說了一個字：「對。」

　　慢頭說：「想來，這頭獸得逞的機會不會有。」

　　鳳鳥媽媽說：「受人之託，忠人之事。我們受天帝之

託，萬萬不可有一點兒閃失，也不能心存一絲僥倖。」

三頭同聲應道：「是的，記住了，鳳鳥媽媽。」

大鳳鳥每次談話時都會講到做人的品行。

大鳳鳥全身上下的五彩羽毛中都留有花紋字狀，頭冠的字狀是「德」，翅翼的字狀是「義」，背脊的字狀是「禮」，胸羽的字狀是「仁」，腹絨的字狀是「信」。大鳳鳥原先是一隻普通的雞，在一場大火中，她救了一窩雞，而自己在烈火中重生，變成了一隻火鳳鳥，這些字狀就是熾火烙下的印記。她的故事就是後來人們傳說中的「鳳凰涅槃」。這故事常常使三頭童子感動得流下熱淚。

轉眼之間，大鳳鳥飛到一個去處。這是一柱插入雲中的懸崖峭壁，是任何飛禽走獸都無法到達的長滿梧桐的山峰。鳳鳥們的棲息地到了。大鳳鳥落在了一株梧桐樹上，這樹高至千仞，仰面不見樹冠。大鳳鳥落下的地方是一個鳳鳥窩。鳳鳥窩是用柔軟滑潤的閃着亮光的金絲草編織而成，很大，一百匹馬也站得下。鳥窩內堆滿了鳳蛋。鳳蛋有人的兩個拳頭那麼大，是透明的火紅色。

大鳳鳥說：「離珠，我的好孩子，去享用吧。」

離珠三頭齊聲應道：「是，鳳鳥媽媽，你的恩德我們永遠記住。」

離珠取了一顆鳳蛋，返回到大鳳鳥前「撲通」一跪，言道：「鳳鳥媽媽，我們取來了，請為我們開食吧。」

大鳳鳥低首用尖喙在鳳蛋上啄了一個洞，說：「孩子，

享用吧。」

離珠的笑頭說：「讓你們二位先吃吧。」

離珠的悶頭說：「你們先來。」

離珠的慢頭說：「我最後吃吧。」

離珠的三頭在推讓着。

鳳鳥媽媽說話了：「我知道，謙讓是三首國的祖訓。孩子們也別推讓了，還是按我之前立的規矩，這次誰先吃，下次就最後一個吃，按照這個次序輪流，就不會覺得自己佔便宜，對不起兄弟。」

離珠三頭聽話地捧着鳳蛋吮吸起來，三頭輪番地吮吸着。

離珠三頭邊吮吸鳳蛋邊交流着感想。

笑頭說：「鳳蛋是聖品，我們這等俗人能享用它，這是鳳鳥媽媽的恩賜。你們知道嗎？每次我吮食鳳蛋，都激動得腦子一片空白。我無法形容我的感恩之心。」

悶頭說：「鳳鳥媽媽對我們實在太好了。」

慢頭說：「鳳鳥媽媽是把心捧給我們，我們也得把心捧給鳳鳥媽媽啊！」

此刻，離珠享用好鳳蛋後，雙手捧着蛋殼，跪伏在大鳳鳥面前，然後恭恭敬敬地三拜。三頭恭恭敬敬地說：「鳳鳥媽媽，恩典如山，此生難報。」

天空暗黑了。

大鳳鳥馱着離珠飛走了。到達林子時，天已黑透，但珠玉泛光，林子璀璨一片，如同白晝。林子除了珠玉的光，還

有初升的月色，珠光與月光交融生輝，四周安靜得沒有一點兒聲息。

　　林子安然無事。大鳳鳥還是不放心，留下了三條蛇護林，以防萬一。大鳳鳥走前，又再三叮囑離珠：「今夜到凌晨要注意了，那獸會來。」

　　離珠三頭精神抖擻，齊聲回道：「鳳鳥媽媽，緊要關頭，不會給你丟臉的！」

　　大鳳鳥拍拍大翼飛走了。

　　大鳳鳥的叮囑使離珠高度警惕。通常，離珠的三個頭夜裏是輪流睡覺的。所謂睡覺，也只是眼睛閉一下而已，守護樹的姿勢是不會變化的，一頭的眼睛閉上兩個時辰，另外兩頭的眼睛還是瞪得大大的，時辰到了再換另一頭閉眼。也就是說三雙眼睛輪流都閉一閉，就算睡過覺了。今夜，因大鳳鳥說會有事，三頭便商定不再輪睡，都得把眼睛睜到天明。

　　終於，那頭獸的影子出現了。

　　離珠早已把箭搭在弓上。這弓箭十分精緻、小巧，金弓像月牙兒，金箭像一支羽毛，一旦那獸攻擊圍林的小金蛇，變成巨蟒的小金蛇就會發出驚天動地的吼叫聲，張開血盆大口，那獸一步也不敢往前。這時，離珠就會把箭射出去，金箭在射出的一瞬間，會發出呼嘯的聲音，鳳鳥們就會得到危急的信息，隨即趕到。

　　奇怪的是，離珠沒有聽到巨蟒的吼叫聲。

　　離珠覺得有點兒不對勁。

三頭小聲地嘀咕起來。笑頭說：「我聞到一股奇怪的味道，頭也覺得有點暈乎乎的。」

悶頭說：「我也聞到了，我也頭暈。」

慢頭說：「這氣味酸酸的，我好像迷迷糊糊的了。」

笑頭說：「不好了，這獸有迷魂毒氣。把眼睛睜大點，不能迷糊！」

悶頭說：「對，一定不迷糊！」

慢頭說：「我不會迷糊！」

離珠想射箭了，發覺手顫抖起來，弓居然舉不起來，更不要說拉了。

笑頭說：「兄弟們都凝神屏氣，把箭射出去！」

悶頭與慢頭都毫不遲疑地喊：「一起凝神，加油！」

這辦法果然見效，離珠把弓箭舉起，射向了天空。天空閃過一條亮光。

離珠陡然發現那獸已到了蝴蝶槐樹下。

離珠血湧三頭，大吼一聲：「妖兽！站住！」便立即縱身下樹，攔在了那獸面前，那獸愣了一愣。

這赤條條的三頭人氣勢強大，毫不畏懼地立在獸的面前。且看那獸長着六顆蛟頭，身、尾如蛇蠍，有四隻分叉的腳爪。六首蛟齜牙咧嘴，一副凶相，口噴毒霧，可離珠紋絲不動。

六首蛟見毒霧不起作用，這千年老蛟竟說起人話來：「不要擋道，我只吃一片蝴蝶玉，否則我就咬掉你的頭！」

　　離珠的笑頭說：「這是天帝的林子，咬掉我的頭也不讓你吃一片玉！」

　　六首蛟毫不遲疑地一口把笑頭吞了下去，又惡狠狠地說：「你讓不讓？不讓就再吃一個頭！」

　　離珠的悶頭說：「不讓！我們說過不讓鳳鳥媽媽丟臉！」

　　六首蛟又把悶頭吃了。

　　六首蛟氣急敗壞地說：「還真不怕死！只剩一個頭了，不要死心眼了，讓路吧！」

　　慢頭說：「不讓！鳳鳥媽媽說，受人之託，忠人之事！就是不讓！」

　　六首蛟迫不及待地又把慢頭吃了。離珠依舊站立着，沒有倒下。六首蛟剛想把離珠的身子吞掉，一群鳳鳥飛落了下來，把六首蛟團團圍住。

　　幸好離珠拖延了時間，否則六首蛟便得逞了。

　　鳳鳥們在大鳳鳥的帶領下，圍着六首蛟又叫又跳，跳着優美的鳳舞。六首蛟瘋狂地到處亂咬，左衝右突，卻如撞到堅硬的巖石上一般，碰得頭破血流。最後，牠精疲力竭地嘔吐起來，嘔着嘔着，牠嘔出了離珠的三顆頭顱來。大鳳鳥隨即把三顆頭顱啄了出去，安在了立着的離珠的脖子上，三頭居然又長成了從前的樣子。

　　笑頭說：「我的頭又回來了，嘻嘻！」

　　悶頭說：「我也沒死。」

　　慢頭說：「我也活着。」

離珠當即也加入了鳳鳥的舞蹈行列。

跳着，跳着，六首蛟的眼神溫馴起來，低垂下六顆頭。

離珠目睹了鳳鳥用鳳舞制伏了六首蛟，嘖嘖稱奇。

自此，六首蛟與離珠一起守護林子，離珠守內，六首蛟守外。

那麼，還會有天神、地鬼來偷食玉嗎？

這又是另外的故事。

故事取材

原文：服常樹，其上有**三頭人**，伺**琅玕樹**。

譯文：有一種服常樹，它上面有個長着三顆頭的人，靜靜伺察着附近的琅玕樹。

三頭人與琅玕樹

（明·蔣應鎬圖本）

琅玕樹是一種服常樹，它上面有個長着三顆頭的人靜靜伺察着。

《大荒東經》

原文：有**五采之鳥**，相鄉棄沙，惟帝俊下友。帝下兩壇，采鳥是司。

譯文：有一群長着五彩羽毛的鳥，相對而舞，天帝帝俊從天上下來和牠們交友。帝俊在下界的兩座祭壇，由這群五彩鳥掌管着。

五彩鳥（明・蔣應鎬圖本）

一種長着五彩羽毛的鳥，受天帝帝俊之託，掌管着下界的兩座祭壇。

《南山經・南次三經》

原文：有鳥焉，其狀如雞，五采而文，名曰**鳳皇**。首文曰德，翼文曰義，背文曰禮，膺文曰仁，腹文曰信。

譯文：山中有一種鳥，形狀像普通的雞，全身上下長滿五彩羽毛，名曰鳳皇。牠頭上的花紋是「德」字的形狀，翅膀上的花紋是「義」字的形狀，背部的花紋是「禮」字的形狀，胸部的花紋是「仁」字的形態，腹部的花紋是「信」字的形狀。

鳳皇（明・蔣應鎬圖本）

相傳鳳以美玉為食，琅玕樹是專門為鳳而生的，為的是給牠提供食物。三頭人離珠是琅玕樹的守護者，每當鳳飛來，他便採下琅玕，遞給鳳吃。

菌人國

張錦江 文

有小人，
名曰菌人。

【大荒南經】

　　這是一件驚人的禍事，它發生在早晨太陽剛剛升起來的時候。

　　有一隊人馬從樹林中浩浩蕩蕩地走了出來。

　　這一片富饒的土地上長出了高高的蔥蘭，有兩尺來高。蔥蘭相對這隊人馬來說，猶如一片森林。這是菌人國祀祭山神的儀仗隊伍。因為國民長得如小菌菇，故而得名菌人國。不過，其儀仗陣勢與排場並不顯弱。

　　最前頭有一個叫紅騎士的人騎着一匹馬。

　　倘若紅騎士不是一個只有三寸丁高的小人兒的話，他本是一位英武而威嚴的騎士。紅騎士雖然袖珍，細看他的鼻眼卻都很精緻：兩道劍眉下，一雙圓圓的大眼睛，雖然只有一粒芝麻那麼大，但炯炯有神。紅騎士的英武與威嚴是來自他的上唇兩撇濃黑的八字鬍鬚。他身披紅袍紅甲，馬脖子上是圓圓的紅帽，連腳上的戰靴也是紅的。當然，他的坐騎也是長相奇特的一匹馬。這是一匹火紅的馬，馬背的鬃毛、馬尾、馬身、馬腿甚至連馬蹄都是紅色的，其實，應該說牠與普通的紅馬十分相似，唯一不同的是牠的頭好像被砍掉了一樣——準確地說，牠是一匹無頭紅馬。

奇怪的是，無頭紅馬雖沒有頭卻仍然能辨別東西南北，不會走錯方向。世上有若干謎語難以解開：怎會有這種沒有頭的動物呢？怪事還有，這種無頭馬一旦奔跑起來，馬頭就會伸出來。更令人驚歎的是，這馬頭是多麼俊美呀，像用刀雕刻出來的。當然，這馬也是微型的小馬。誰能料想，一旦主人受到攻擊，這馬就會騰空而起，日行千里，馬嘴裏會噴出炙熱無比的火焰來，任何東西都會被燒成灰燼。

毫無疑問，紅騎士是菌人國的護佑神。

儀仗隊行進的兩邊都站着衣冠鮮亮的小人兒。

小人兒都舉止有禮、敬畏地目送着那匹無頭紅馬和馬上的紅騎士。緊隨着的是一輛又一輛昆蟲拉着的車，依次是蟋蟀拉的車、金龜子拉的車、天牛拉的車、黑甲蟲拉的車、金蛉子拉的車，車子裏坐着菌人國身份顯赫的人。最後一輛是菌人國國王坐的車，由一隻高大的螳螂拉着。車輛是用檀香樹的枝條編織的，坐在車上感覺輕盈而舒適，且一路留下奇異的香氣。

儀仗隊行進的方向是不遠處的一個山岡上。紅騎士一路警惕地注視着四周，他臉色嚴峻，沒有一絲笑容。即使平常的日子他也不苟言笑。那時，他騎着無頭馬毫無聲息地在這片土地上四周巡視，因為這是他們菌人國的家園。

葱蘭嚴實地掩蓋着菌人國穴居的蜂巢。這蜂巢建造得極其精美，每個蜂巢都有一扇刻着一隻太陽鳥的小小的石門。石門密密匝匝地排列成一棵樹的形狀。推開石門，就是

幽深、細長的洞穴，穴道是用細細的五彩石子鋪的，穴頂鑲着晶瑩透亮的小巧的玉瓶，玉瓶裏裝着螢火蟲，綠瑩瑩地晝夜亮着。穴道的盡頭是一個敞大的洞中花園，花園中央有一株大樹，樹葉豐盛，上面結滿了果子，都是白嫩的人形娃娃果。這樹正是菌人國的神樹，菌人國的人不孕不育，國人都是從這棵樹上長出來的，人果長到成熟，就會掉下樹來，一落地就是一個小人兒，活蹦亂跳起來，而且從此不知死是何物。樹的四周被溪水環繞着，溪流清澈見底，有紅、白、金、黑鯉魚在游。環水的樹木、花卉都是由玉石、翡翠裝扮而成的。空中有放飛的螢火蟲一閃一亮的。洞中花園四周有放射形的眾多穴道可以通向地面的石門。

　　菌人無須睡覺，白天黑夜都睜着眼睛，不吃不喝地活着。他們的活動空間就是這座地下花園與高高的蔥蘭林。在蔥蘭開花的季節，一片片白色的花朵散發着淡淡的香氣，蔥蘭林是一個天然的花園，他們在蔥蘭花林中散步、遊戲。總之，菌人活得很是開心，很是幸福，活得無憂無慮、自由自在。

　　每年只有一天，他們需要離開自己的兩個花園。那就是菌人國祭祀山神的日子。

　　雖然祭祀路途不遠，但菌人暴露在光天化日之下，這是非常危險的事情。菌人一個個都是長得白白嫩嫩的小果娃娃，任何一種生物都會傷害他們。連一隻大紅螞蟻，他們都會覺得是猛獸，只要幾隻大紅螞蟻一圍攻，菌人就會成為螞蟻的佳餚。更不用說天上飛的烏了，再小的烏都能輕易地攻

擊他們。當然，菌人最大的天敵還是海鵠。

海鵠是一種生活在海邊的大雁。

紅騎士擔心的正是大雁的偷襲。若是平常的日子，菌人藏身於蔥蘭林中，其他生物無法得知菌人蹤跡；又有紅騎士的日夜守護，一旦有危險，紅騎士就會騎馬升空，用馬嘴噴出的火焰驅趕來犯生物，可謂百物不能接近菌人身體。

待站立兩側的菌人加入儀仗隊，浩蕩的菌人隊伍到達了離山坡近在咫尺的地方，那裏有一個大大的水塘，水塘四周是密匝的蘆葦。

就在這時，傳來了一陣呼嘯聲，只見從蘆葦叢裏飛出七隻大雁。大雁是早早候伏在那裏的。

紅騎士聞聲拍馬騰空而起，迎着七隻大雁衝過去。紅騎士的無頭馬伸出了暗藏的馬頭，馬口裏噴着烈焰。這大雁何等模樣？這是七隻巨大的灰鳥，牠們有長長的翅膀，白頭，鈎喙，虎爪，鷹目。大雁以迅雷不及掩耳之勢從天而降，菌人如蟻，恐慌之極，四處逃散。其實，菌人看似弱小，但能行走如飛，人人都能日行千里。因此只是一眨眼的工夫，菌人就逃得無影無蹤，全都逃入叢林，甚至已入定石穴之中。

紅騎士呢，不容分說，用烈焰燒焦了一隻大雁的一根粗硬的翅羽；燒傷了一隻大雁的左腿虎爪；燒掉了一隻大雁頭頂的白絨毛；燒瞎了一隻大雁的右眼；燒斷了一隻大雁的鈎喙。只有兩隻大雁完整無缺地飛走了。而這五隻受傷的大雁居然得手了，牠們吞食了五個菌人。另外兩隻大雁稍稍遲疑

了一下，菌人遁逃了，沒有任何收穫，牠們倒安然無恙了。

　　紅騎士這個沉默寡言的小人兒對於自己的失職痛心疾首，他吼叫了一聲：「畜牲！」這小人兒的聲音居然在山谷中迴響起來，像一串沉沉的滾雷。紅騎士因憤怒，頭上的那頂紅圓帽子飄了起來。不過，帽子並沒有飄遠，而是在他頭頂懸着，在帽子與頭頂之間還有一朵黃黃的雲。

　　紅騎士沒有放過這五個畜牲。五隻大雁雖然受了不同程度的損傷，但是，由於牠們吃了五個菌人，牠們的飛翔速度就不同凡響了——牠們可以日飛千里。

　　紅騎士拍馬緊追不捨，紅騎士的馬也是日飛千里的。紅騎士清楚地知道，這五個菌人雖被大雁吞食腹中，卻不會死掉，因為菌人都為人果所變，人果實為仙果。當初紅騎士是在天宮看守一棵人果樹的童子，因偷食了一枚人果，便被天帝所罰降至人界。他帶着一粒人果的種子到了蓋猶山，挖掘了一個洞穴，在那裏種下了人果，修建了地穴花園。後來有了菌人，建立了菌人國，他並不擔任國王，而是由菌人們自推菌人中的能人為王，他只負責守護着這個國家。菌人是仙果所化，其壽在三百歲之上。大雁吞食了菌人後也能與腹中菌人同壽。

　　紅騎士一路追來，所思所想就是要逮住大雁，把牠腹中的菌人解救出來。

　　紅騎士追到一個島上。

　　島為樹林覆蓋着，這種樹叫建木，有着青色的葉子、紫

色的莖幹、黑色的花朵、黃色的果子。樹很高，高得可插到雲端裏。樹枝之間蜿蜒曲折地交叉纏繞着，樹根裸露的部分像蛇盤旋交錯。紅騎士識得這建木非尋常人所栽，而是天帝軒轅所栽培——當年伏羲降落凡間曾由建木登天。紅騎士猜測，此島有仙樹，肯定也不是常人所居。他在林中轉悠來轉悠去，火氣也降減了許多，那頂帽子也復回到他的頭上。

林中很靜，不見人跡。紅騎士看見四條紅頭白蛇一動不動地躺在那裏，像是睡着了一樣。其實，這是守島的蛇，只因紅騎士實在太小，騎着馬飄來飄去無聲無息，並無威脅可言，白蛇並不將他當回事。

兩天之後，紅騎士依舊未找到五隻吞菌人的大雁。紅騎士正犯愁，天空中有了拍翅聲。紅騎士抬頭一看，是兩隻大雁。這是兩隻未吃到菌人的大雁，牠們飛行的速度就很慢，也就是說，這兩隻大雁飛了兩天兩夜才飛到島上，可見，這路途並不近。紅騎士一見，就拍馬上天，尾隨兩隻大雁而去。

就這樣，紅騎士跟着大雁到了一個地方，看見雲端中的一個鳥巢大宮殿。那是世間罕見的無比巨大的鳥巢。它像一朵雲在空中懸着，若從樹下看只覺得那是飄浮着的一朵雲。紅騎士心想，怪不得我怎麼找也找不到島上人的蹤跡，原來都聚在這裏。

鳥巢大宮殿當然比起菌人國的洞穴花園大多了。柔軟彎曲的樹枝精緻地編成了一個橢圓形的巨球，像兩隻一眼望不到邊的大碗合蓋着。裏面有一些忙碌的人，走來走去，長得

比菌人大許多倍。奇怪的是，這些人都長着鳥一樣的頭，鳥頭的形狀都差不多，毛茸茸的圓腦袋，兩腮的絨毛是白的，頭頂一團紅絨球，鼓着兩隻圓溜溜的眼睛，伸出一張長長的尖尖的鳥喙。上身罩着短樹葉衫，下身圍着短樹葉裙，赤裸着雙腳，四肢、身軀都與普通的人一樣，也很健壯。兩隻大雁往鳥巢宮飛進來時，毫無阻擋，以致尾隨的紅騎士也沒有被鳥頭人發現。

兩隻大雁停下來時，那裏圍着一群鳥人。紅騎士與他的馬實在太小，無聲無息地鑽在鳥人的胯下。紅騎士在那些粗壯的腿的縫隙中看清了，中間一張用樹枝編的高高的椅子上坐了一個人，也是鳥頭人身，穿着打扮也差不多，只是頭頂多了一圈編織的樹枝頭冠。紅騎士一看就明白了，這是鳥人國的國王。

只見七隻大雁排一排低首站在鳥人王面前，原來偷食菌人的五隻大雁早早便飛到了這裏。看樣子，鳥人王應該是牠們的主人。鳥人王把尖長的鳥嘴上下揚了揚，「呀」「啊」地叫着，這分明是鳥叫的聲音。牠說的話是鳥語，紅騎士聽不明白。鳥人王的叫聲很響，鳥頭不住地晃動着，說着說着，還把頭伸過去，用尖喙啄了幾下大雁的翅羽，七隻大雁一個也沒有放過。鳥人王似乎在責怪、斥罵這七隻大雁。大雁都脖子彎曲着「嗚嗚」地發出低低的叫聲。隨即，鳥大王下了王位，把頭朝天仰着叫，然後，用腳把大雁亂踢一通，大雁紛紛飛走了。紅騎士猜測，鳥人王可能不滿於大雁去菌

人國吞食菌人的行為。紅騎士覺得鳥人王是個好人。他不想為難好人。

紅騎士尾隨七隻大雁飛出了鳥巢宮。大雁在島的一個海灘上停了下來，然後匍匐在那裏生悶氣。紅騎士覺得這是下手營救大雁腹中菌人的機會了。他下了馬，把馬拴在一棵樹的樹幹上，然後在那裏找到一根細長而堅韌的青藤條，一頭扣在拴馬的樹幹上，一頭把自己拴了起來。他的小芝麻眼滴溜溜地轉了幾圈，主意有了，他想用自己作為誘餌，讓那壞蛋大雁把自己吃下去，他要鑽到大雁肚皮裏把菌人搭救出來。

他把圓帽摘了下來，頭髮一散開，他與菌人沒有什麼兩樣。他行走的速度也是驚人的，只一眨眼就躥到瞎了一隻眼的大雁的鈎嘴底下。瞎了一隻眼的大雁正伏在那裏瞇起眼睛，一見突然來了一個菌人，便毫不猶豫地把紅騎士吞了下去。

紅騎士鑽進瞎眼大雁肚皮，在腸子裏找到了菌人。這菌人他熟，叫大鼻子，一喊，他就應了。

大鼻子說：「救星來了，我都快悶死了。」

紅騎士說：「死是死不掉的，在大雁腸子裏不舒服倒是真的！」

紅騎士關照大鼻子鑽進他的帽子裏，眼睛閉上。大鼻子照辦，鑽進他的帽子，奇怪的是，這帽子也正巧能裝下一個菌人。只聽一陣「呼嚕」響，紅騎士帶着大鼻子從瞎眼大雁的屁股裏躥了出來。一出來，紅騎士就附在大鼻子耳邊說，快到樹下拴馬的地方等他。大鼻子一躥就沒了影。

紅騎士接着又故伎重演，鑽進了焦翅的大雁肚皮裏，救出了大耳朵。大耳朵說：「見不到光明真不是人過的日子。」終於重見光明了，他蹦躂到紅騎士指定的地方。

　　把大嘴巴從斷喙的大雁肚子裏救出來的過程也很順利。大嘴巴聽見紅騎士來救他，差點哭出來，說：「你是我親爹！親爹才給我自由。」說着連滾帶爬到了樹下。

　　大眼睛是從傷了虎爪的大雁的屁股裏被拖拽出來的，出來後他說了一句：「太棒了！天空那麼藍！」他一點也不遲疑地飛一般跑到拴馬的地方。

　　最後一個救的是大板牙，他是被那個頭頂燒焦白絨毛的大雁吃掉的。大板牙是菌人國的哲學家，他說什麼都充滿哲理。他感激紅騎士救了他，說：「苦難總是有盡頭的。」

　　就這樣，大鼻子、大耳朵、大嘴巴、大眼睛、大板牙都救出來了。

　　這時，海上起了風。一排巨浪打到沙灘上，驚飛起這群大雁。兩隻未吞食菌人的大雁飛走了，那五隻吞食過菌人的大雁被紅騎士用青藤條綁在了一起，青藤條的另一頭拴在樹幹上。

　　說時遲，那時快，紅騎士讓五個菌人都上了馬，然後解下馬韁繩，同時解了拴着大雁的青藤條，雙腿一夾，拍馬而起，飛上天空，一串大雁就這樣被牽着飛在後面。紅騎士覺得還不好玩，就讓五個菌人從青藤條上爬到大雁背上，然後抱着大雁的脖子飛。

紅騎士開心死了，他這一激動，剛戴在頭上的小圓紅帽又飛了起來，半空裏懸着，黃雲又再現了。

紅騎士與五個小菌人還快活地唱起來，唱的聲音像蚊子叫，只是在空中飛的速度快，風很大，所以也不知道菌人唱的是什麼歌。

紅騎士帶回了被救的五個菌人，還逮着了一串大雁。菌人國國王下令嘉獎紅騎士，在地穴花園歡慶了三天三夜。

就在第四天天曚曚亮的時候，有一件奇怪的事發生了。

菌人國的葱蘭家園中從天空降下許多蟲子。

紅騎士巡查時發現了這種蟲子。這蟲外形像蠶蟲一般，不過牠不是白色的，而是黑色柔軟的身軀上佈滿了白色的斑點，頭部是橙黃色的，頭下有啃食東西的牙齒。紅騎士看到，蟲子落伏在葱蘭的葉、莖上，然後就樂此不疲地啃食起來。紅騎士並不知此蟲就是葱蘭的凶敵——葱蘭夜蛾，這是幼蟲，之後還會化蛹成蝶。直覺告訴紅騎士，要不了多久，這片葱蘭家園就會被這蟲子噬食殆盡。菌人的居所蜂巢地穴就會暴露出來，菌人可能遭受滅頂之災。紅騎士一點兒也沒有猶豫，趕緊把這緊急的情況報告給了菌人國國王。國王下令由紅騎士立即率領菌人民眾一起滅蟲。

紅騎士心裏明白，這一定是鳥人國國王的報復行為。因為，紅騎士並沒有放回逮來的五隻大雁。他把這串大雁拴在了附近的一棵棗樹上了。

說實話，對於正常的人類來說，滅這種小昆蟲的幼蟲

實是易事，但是，對於菌人來說，對付一條蔥蘭夜蛾的幼蟲，像人類面對一頭老虎一般。這蟲的大小比菌人小不了多少。紅騎士的無頭馬所噴的烈焰派不上用場，因為如果用烈焰來噴燒這蟲，那麼也會毀了蔥蘭林。怎麼辦呢？紅騎士想出了一個絕妙的法子：他在附近山上採集了一大捆松樹的針葉，這松針葉是空心的，只要把松針葉的一頭截去，它就會變成一支針管。紅騎士把松針葉分發給菌人國所有的菌人，每人都拿着一根針管作武器，數也數不清的菌人們開始圍殲蟲子。針管一旦刺入蟲子的軟體內，菌人就如狼似虎地吮吸起來，吸一口蟲子的體液就立馬吐出來，雖然那體液黏糊糊的、綠幽幽的讓人噁心。菌人們顧不了這麼多了，為了自己的家國不被毀了，他們拼了。

紅騎士以身作則，他第一個作了示範，然後滅蟲的戰爭就打響了。蟲子們遭到了致命一擊，體液被吸光後，就只剩下一層皮。菌人們把蟲子皮堆在一個山坡上，紅騎士的馬嘴裏噴出的烈焰把蟲子皮燒成了灰燼。

就在紅騎士率眾滅蟲災的第二天，鳥人國國王騎着一隻大雁來了。大雁在蔥蘭林上空盤旋着，響起了一個聲音：「菌人國國王聽着，您出來！我會會您！」

紅騎士一聽鳥人國國王來了，馬上拍馬升空道：「有什麼事衝我來！」

鳥人國國王一見便問：「您是誰？是菌人國國王？」

紅騎士拱手回話：「大王，我不是國王，我是護國騎

士，人稱紅騎士。」

鳥人國國王說：「聽說是你把我的五隻大雁逮走的？」

紅騎士又回：「大王，是你的大雁先把我們菌人吞吃了，我才去救人逮大雁的，不是我犯事在先。」

鳥人國國王說：「我已責備了犯事大雁，你為什麼不找我要人？這就是你的不對了。」

紅騎士再回：「大王，這事我是有不妥之處，但是，你弄蟲子來報復我們，這又是你的錯了。」

鳥人國國王忙說：「好了，好了，我們扯平了。把我的大雁放了，我們不會再來為難菌人國的。」

紅騎士覺得鳥人國國王說話在理，馬上一口應允：「大王，一言為定，我馬上放大雁。」

鳥人國國王也打躬作揖道：「好，一言為定。」

紅騎士隨即把棗樹上的藤蔓條解了，放開了五隻大雁。五隻大雁飛走了，鳥人國國王也騎着大雁走了。

紅騎士馬上哈哈大笑起來，那頂紅圓帽又飛了起來，在半空裏懸着，黃雲又現了。

自此，鳥人國沒有再來菌人國犯事。

故事取材

《大荒南經》

原文：有小人，名曰菌人。

譯文：有一種十分矮小的人，名叫菌人。

菌人（清·汪紱圖本）

一種十分矮小的人，他們居住的國家稱為菌人國。

《海內經》

原文：有鹽長之國。有人焉，鳥首，名曰鳥氏。

譯文：有個鹽長國。這裏的人長着鳥一樣的腦袋，稱作鳥氏。

鳥氏（明·蔣應鎬圖本）

　　鳥氏就是古書中所記載的鳥
夷。鳥夷是位於東方的一個原始
部落，那裏的人都是鳥首人身。
相傳這種人鳥合體的形象，屬於
以鳥為信仰的部族。

《大荒北經》

　　原文：有赤獸，馬狀無首，名曰**戎宣王尸**。

　　譯文：有一種紅色的野獸，形狀像普通的馬，卻沒有腦袋，
名叫戎宣王尸。

戎宣王尸（清·汪紱圖本）

　　戎宣王尸是一種渾身紅
色的野獸，牠的外形像我們
日常生活中最常見的馬，但
腦袋被砍下，不知去向。

無晵國

肖燕 文

無
脅
之
國
在
長
股
東
，
為
人
無
脅
。

【海外北經】

有一個海外之國，叫作無脊。它終年樹木茂盛，花草奇香，空氣濃稠而有營養，泥土五顏六色，雖不生五穀，卻十分肥沃。無脊人靠吃空氣和泥土為生。無脊國四周被沙洲環繞。沙洲的空氣只能呼吸，不能果腹。無脊人世代生活在沙洲中央這片叫沃沮的綠丘上。他們不是男人，也不是女人，沒有子嗣。而初民從哪裏來？無人知道。無脊人死去一百二十年後，還會復活。死的時候不管年紀多大，復活後全都是青壯年時的模樣。只是，他們相見不相識。塵封一百多年的往事誰還記得？

沃沮北野，有一片塋墓，無脊人死後就葬於此地。他們將死稱作「大睡」。「大睡」之後，心臟仍然跳動。這裏長青的松柏和長着赤枝、黃葉、白花和黑實的甘棊樹，在肅穆中氤氳着些許人間的活力，日夜慰藉着亡人的心。

晨曦微露，有人「醒了」。他被一層有彈性的薄膜裹着，外面壓着泥土。他扭動身體，土散落開去，他推了推薄膜，不知道怎麼弄開它。他不記得為什麼躺在裏面。他肚子餓了，還憋得喘不過氣，忍不住撕扯起來。但不管怎樣用力，都難以掙脫。他顧不得飢腸轆轆，只求趕緊出去，不被憋死。他將所有力氣集中於食指，用力一捅，那薄膜破了。

他的頭再一使勁，便從小洞口頂了出來。晨曦的清亮，刺得他眩暈。他又頂破了四個小洞，四肢得以伸展出來，而薄膜順勢裹住了軀體，成了「大睡剛醒」後的素衣。當然，他不久就會知道，到了下次「大睡」之時，頭和四肢又會被塞回薄膜裏。

他不認得這是哪裏，只是不由自主地吃起空氣來。空氣冰涼，夾雜着頹腐味，他顧不得，仍大口大口地吃進肚裏。他還想吃點土。看一眼地上，灰黑的土疑似發酸，他忍住不去吃它。再看四周，雖說已是清晨，這裏卻是死寂一片，看不到蟲子，也聽不到鳥鳴。他脊背發涼，趕緊起身，往晨光射過來的方向跑去。他聽到自己的心臟怦怦作響，彷彿還聽到泥土之下「大睡」者的心跳聲。

他不停地跑。終於，林子在陽光下變得溫暖起來。他聽到了鳥鳴，還有遠處隱隱約約的人語，終於鬆了一口氣。空氣裏瀰漫着新鮮的草腥味，還夾着好聞的甜香，他張口就吃，很快就飽了。一不留神打個嗝，肚裏的空氣又冒出一些來，他趕緊攏住嘴。他的肚子有點鼓脹，腳下也有些虛飄，但是，他覺得舒服。他搖晃着往有人的地方去。

「哈哈哈……」傳來一陣笑聲。

他四處張望，不見人影，抬頭看，樹上有隻紅頭鸚鵡。

「我說佑生，你看你！哈哈哈……」佑生？這裏沒有別人，他又確認了一下。叫我？再看鸚鵡，腦袋通紅，身體純白，尾部墨綠金黃，爪為青黑色。牠不是學舌，是在說話。

這不是普通的鸚鵡，他想。

「佑生！」鸚鵡又喊，「真傻啦？叫你呢！」

他的肚子正脹着，只好攏着嘴，含混地說：「你叫我佑生，我就要答應啊？」

「你前世就叫佑生嘛！」

「前世？我怎麼不知道？」他沒工夫聽鸚鵡胡說八道。不過，他不反感「佑生」這個名字，「佑生」就「佑生」吧。他繼續走。

身後的鸚鵡又笑着喊：「哎！你的腦袋……」

佑生停住，摸摸後腦勺，嚇了一跳——那兒居然有塊塌陷。怪不得鸚鵡要笑。為什麼會缺一塊呢？佑生滿是疑惑，塌陷處隱隱作痛。討厭的鸚鵡。他不再理牠，繼續往前去。

佑生走到一片花樹林，裏面有湖，湖面上飄浮着濃郁的香氣。整個花樹林草木葳蕤，繁花爭豔，有柳、甘華、帝休、梓、花椒、臭椿、豫樟和紫藤等多種樹木；還有嘉榮、蘭、蘪蕪、芎藭、芍藥、寇脫、細辛、熏華、女牀、蓍、龍鬚、雞穀和菁等奇花異草。佑生多半認得。再看黃鳥、嬰勺和燕子嘰嘰喳喳飛過，白首赤身的竊脂棲息樹梢，還有靈貓竄進草叢裏。

佑生斷定自己曾經活過。他想起鸚鵡說的前世，然而，他想不起任何事情。

四周人來人往的，他們穿着各式花裙，說着話。還有人在花草間食氣，那氣進了嘴裏，嘴一閉，兩腮即鼓，再呑

嚏，氣就下肚了。佑生看得發呆。有人走到跟前，香氣宜人。佑生見他穿一襲紫草裙，裙上裝飾着白芍藥花，頭髮全部紮起，在後腦勺上方揪一個圓形髮髻，再以金露梅和巖香菊點綴。他摸一下自己的素衣，有些手足無措。

來者顯然剛吃飽，肚子撐得又圓又大，人也搖搖晃晃的，腳快抓不住地了，若是風起，怕是要騰空而飛。來人用力攏住嘴，看上去有些呆滯。

他聲音含混地衝佑生打招呼：「大睡醒了？」說完還打個飽嗝，頓時濃香四溢。

佑生的肚裏食物早已消化大半，他答道：「是。」

他想問來人話，見對方剛飽，不便多說，也就不問了。來人拍拍裙子，又指了指花樹林，然後「哼哼哼哼」走了，呆滯的面貌下全是心滿意足。

林子裏有一種草，不知何名。它很奇特，紅色的莖幹，開土灰色花絮，像禾苗吐穗一般。佑生十分喜歡，趕緊採下一些。他不懂如何編結，只得參照來人身上的樣式，費力而胡亂地「編結」一番。好半天，衣裙勉強做好。沒有裝飾，穿上身，倒是簡單大方。

幾個人走來，穿着花花綠綠的，後腦勺上方都頂個圓形髮髻。也是剛吃飽，攏住嘴，腆着大肚子。他們打量了一下佑生，衝他「哼」一聲，就走掉了。

佑生去到湖邊望着水面，衣裙在微瀾裏輕輕扭動，難看又古怪。他攏住嘴，在水中看到呆滯的自己。佑生想，剛

才那幾個人衝我「哼」，也是覺得我傻吧！他呆呆地想了一會兒。天色漸暗，佑生尋思怎麼安頓下來。不如去問紅頭鸚鵡，被笑話也不管了！他想着，還摸了一下頭。

佑生沒有找到鸚鵡。他歎口氣，只得往有人的地方去。身上的草裙飄出一股奇香，聞着舒暢了些許。

前方有兩個人正在吃土，佑生走上去。其中一個看一眼佑生，說：「怎麼穿這個？」

佑生搓着手，回道：「我大睡剛醒，不會做……」

那人抓一點兒土到嘴裏，說：「晚上吃點土，睡得踏實。」接着又說：「這種土又細又糯，還有蘭花和香草的味道。你也吃一點。」

佑生見土上就長着這兩種花草。他嚐一口，果真如此。

另一個人站起來，說：「別吃太多，不然小睡變大睡啦！」看佑生沒明白，便笑笑走開了。

剩下那個人就教佑生識土。教了好一會兒，佑生也只記個大概，比如紅褐色的土最好，黃中帶綠的次之，灰黑色的最差。佑生道了謝，那人也走了。

佑生看到大家各自回洞穴小睡去了。那些洞穴散落在林子周邊的山丘上。

天全黑之前，佑生找了個僻靜處，用樹枝搭了一個小「洞穴」。躺下後，他覺得放鬆許多。周圍一片寂靜，皎潔的月光從樹枝的縫隙間照射了下來，落在佑生的臉頰上。他生出無端的憂愁，頭也隱隱作痛。過了一會兒，他打量「洞

穴」，盤算再費一些時日，挖一個真正的洞穴。

好多天以後，佑生在一個小山坡腳下，挖好了洞穴。它很小，佑生躺下之後就沒有多少餘地了。佑生還採來了和衣裙一樣的草鋪在裏面，心想，這草厚實柔軟，睡在上面聞着它的芳香，什麼憂愁都不會有。

漸漸地，佑生習慣了「醒了」之後的生活，只是頭還時常會隱隱作痛。有一次，他撫摸那塊塌陷，被鸚鵡瞧見了，牠問：「頭又痛啦？」佑生驚訝，牠怎麼知道？鸚鵡又問：「不記得啦？」

「醒來」後，佑生和這裏的無啓人一樣，認得出很多東西，但前世的事情連同名字都記不得了。是大睡時間太久，還是沒有什麼可記住的？佑生思索着。莫非鸚鵡知道前世的事情？可是，知道了又能怎樣？還是省點心好。

他不去理睬鸚鵡，鸚鵡就叫：「我哪裏說錯了？為什麼不理我？」佑生還是不理。

鸚鵡又道：「哎！知道你穿的是什麼？鬼草！是鬼草！還好，它沒毒，就是名字難聽！」

他瞪了鸚鵡一眼。

「真是的，幹什麼非穿鬼草！嘿嘿嘿，真傻！」鸚鵡笑話他。

佑生氣得頭痛加劇，又拿牠沒轍。

湖那邊鬧鬧哄哄的，有什麼事兒？佑生撇下鸚鵡，往那邊去。

很多人圍着一個人。這人頭髮蓬亂，身着素衣，一看就是大睡剛醒。不過，他個頭高大威猛，目光有神，站在他對面，會覺得他正盯着你看。佑生納悶，這又不似「睡醒」之態。只見他霸氣地掃視圍觀眾人，語氣堅定有力地說：「你們都忘了我是誰了？」

大家相互看看，搖搖頭。

他又命令道：「快想！」

見大家還是搖頭，他氣憤地喊道：「我是你們的大王！」

大王？大家先是發愣，隨即大笑。

「這裏只有族長，沒有大王！」有人說。

「大王」惱怒，遂向那人走去。大家假裝害怕，做出逃跑的樣子，大喊：「快跑，大王來了！」

有人乾脆叫道：「大王，我餓了，食氣去嘍！閒了再聽你講前世的故事！」

大家哄笑着散去。

佑生還站着，他知道被取笑的滋味。他說：「我是佑生。」

「大王」歎口氣，回應說：「叫我方芒。」佑生「嗯」了一聲，不知道再說什麼。

方芒說：「走，做身好衣服去！」

臨近黃昏，方芒穿上了用白芷、芎和榮草編的衣裙，配以熏華和蘪蕪，香氣濃烈醇厚。佑生則換成了柳編的衣裙，柳葉蓬展，點綴少許蘭和蓮，香味似有似無，佑生很是喜歡。

方芒問佑生為何披髮，佑生說：「我頭上有塊塌陷，你沒看見？」

方芒答：「沒有。」

「鸚鵡都看見了，你沒看見？」佑生追問。

「鸚鵡？什麼鸚鵡？在哪兒？」方芒不解。

「算了。」佑生不想再提煩人的鸚鵡。

方芒取來白色蕙蘭，為佑生編了花環戴在頭上，再將其披散的頭髮，用蘭草於脖頸處鬆鬆地紮住。佑生十分感激，也覺得方芒非常人可比。至於是不是前世的大王，尚存疑心。

夜晚將至，不等佑生指路，方芒便找到了紅褐色的土，還說：「明天我帶你去一個地方食氣。」

佑生問：「你知道哪裏好？」

「一聞就知道！」方芒說。

難不成，他真做過大王？佑生關心他，又對方芒說：「去我的洞穴小睡吧！」

方芒說：「好。」

到了洞穴，佑生說：「洞小，你睡吧，我睡這裏就行。」他指指洞口。方芒不允，讓來讓去，最後決定兩人都睡洞穴裏。兩人躺下後，擠作一團，再難伸展。佑生從來沒有和誰貼身同睡。前世應該也沒有，佑生想。但是，這卻讓他感覺踏實和安穩。

他想起燕子都是成雙成對的，窩裏還有新生的孩子。於是他說：「無啓人還不如燕子。」

方芒說：「燕子有大王嗎？」

佑生說：「要做大王幹嗎？再說，到了下輩子……」

「那也比做燕子好。」方芒說。

「你前世真是大王？」

「那當然。」

「你怎麼知道？有誰記得住前世的事情。」

「我記得。」方芒語氣肯定，「不過，除了記得做大王這件事，其他的都記不住了。」

他又補充道：「我也許叫方芒。」

「哦，是嗎？」佑生想，我連自己是不是叫佑生都不知道呢！

佑生整晚都沒睡好，方芒倒是一覺到天亮。他起身後，就嚷嚷着餓，拽了佑生去食氣。

方芒帶佑生去了一個偏遠之地，在花樹林外的西南面。這裏多樹，有檀、楠、樟、水松、丹、椒、構、桑等，以檀樹為多。那濃密的葉子翠綠、茂盛，使堅硬挺直的檀樹顯得十分柔和。

方芒說：「這檀樹也分很多種，有黃、白、青、黑黃、黑、紫。紫檀也分大葉紫檀、小葉紫檀……」看到佑生迷惑的神情，他接着說：「這裏主要是青檀。」

佑生說：「你上輩子一定很熟悉這個地方。」

方芒眼神迷離，道：「應該吧。」

佑生問：「你可記得在這裏食過氣？」

方芒大笑，說：「食氣有什麼好記的？」

「那倒是。」佑生也笑。

方芒說：「檀的香味沒有花草那麼濃，但聞着讓人安穩舒坦。食一些有檀香的空氣吧，晚上容易小睡。」佑生想，真是奇人，睡着了還知道我沒睡好，再說他可是大睡剛醒，閉着眼小睡也能很快就入睡。佑生真羨慕他。但佑生沒對方芒說這些，只是衝他點點頭。他學着方芒挑一棵樹葉濃密的青檀，抱緊它的主幹，閉眼仰頭。隨後，就大口吃起空氣來。快半飽時，他忍不住睜眼看方芒，只見他口微微張合，以極慢的速度食氣。方芒覺察到佑生的目光，就停下說：「慢一點兒，這樣才能食到空氣裏檀樹的芳香。你仔細看，空氣是不是有一些淡淡的翠綠？」佑生細看，方芒吃着的空氣果真呈翠綠色。方芒說：「慢一點兒，好的氣不光有香味，還有顏色。」

佑生好生新奇，沒見過這麼食氣的。而且，素日只見肚餓之人大口吃氣，很快就吃撐了。再看方芒的肚子，並不鼓脹。佑生手捧肚子，呆呆地望着方芒，心想，方芒和別人真不一樣。

方芒走近佑生說：「來！放開吃，看誰的肚子大！」佑生馬上說：「好啊，看誰的肚子大！」說罷，兩人就四處食氣。一會兒看不見對方，一會兒又撞個滿懷。他倆痛快地吃，肚子越脹越大。吃不動了，就攏住嘴，在林子裏追跑打鬧。肚子裏的氣太足，冷不丁地打個嗝，散出百樹之香。回

去的路上，「大王」和「傻子」一前一後，腆着大肚子，腳下虛飄，搖搖晃晃的，只聽到「哼哼哼哼」的聲音。

一路上佑生想，我可不管他做沒做過大王，是方芒就行。方芒也想，不做大王也罷，和佑生在一起就行。他想把佑生的洞穴挖大，小睡可以舒服一些。

紅頭鸚鵡朝這邊飛來，落在樹梢上。沒等佑生指給方芒看，就聽見鸚鵡喊：「佑生，方芒，你們倆怎麼在一起？」鸚鵡還知道方芒？佑生很驚訝。他倆相互看看，一臉的不解。再看樹梢，紅頭鸚鵡已不知去向。

兩人肚裏的空氣消化了大半，佑生對方芒說：「紅頭鸚鵡認得你，你真叫方芒。除了你，這裏沒人記得自己前世叫什麼。」

方芒說：「可很多事情，我就是想不起來。」

佑生又說：「你前世應該做過大王。」

方芒卻說：「你也好好想想，說不定我倆前世就認識。」

佑生笑了，拍一下頭說：「瞧我這樣，還能想起什麼！你做過大王，自然能記住些許大事。」隨後又道：「鸚鵡叫我佑生，想必我前世是叫這個名字。不過，叫不叫佑生也不打緊。」

方芒點頭。兩人欲言又止。

整夜，他倆翻來覆去，不得入眠。各自苦苦思忖：紅頭鸚鵡為什麼那麼說？

天剛亮，方芒起身，打算去找鸚鵡。他先去湖邊潤潤喉

囉。湖水清冽甘甜，他感到舒服許多。正待起身，見湖面的樹影上立着紅頭鸚鵡。他沒有回頭，問道：「你除了知道我叫方芒，還知道什麼？」

鸚鵡說：「你是前世的大王。」

方芒回過頭，看着鸚鵡。

鸚鵡說：「瞧我幹嗎？你自己照照，你臉色好灰呀！」

方芒沒看湖裏的自己，他想起別人說的話：「我看他臉色發灰，一定欠了誰的債。」這隻鸚鵡怕是知道些什麼，他想。

他衝鸚鵡喊：「說吧，痛快點！」

鸚鵡也很煩躁，說：「你急什麼？該急的是我！」

方芒有點意外，問：「為什麼？」

鸚鵡環顧四周，壓低聲音說：「我不是鸚鵡。」

方芒詫異。

鸚鵡又說：「我是環狗精。我來無啓國之前，吃過一種荀草結的小紅果，酸酸甜甜的。可是，我來到這裏吃了它，竟然變成了漂亮的鸚鵡，能說話，還能飛，連前世的事居然也想起一些來，真像做夢。也許這裏的荀草結的小紅果和我以前吃過的不一樣。不過，要想一直做鸚鵡，就得時常吃一顆這裏的小紅果，否則還會變回環狗。」

「你想讓我去找果子？」方芒問。

鸚鵡說：「這果子越來越難找了。它夾雜在那些樹和花草裏，不容易發現，很難找到。」

「我幫不了你。」方芒說。

　　「你會幫我的。」不等方芒問，牠說，「你在前世殺了佑生。」

　　方芒大驚：「你胡說！怎麼可能？」

　　「這麼大的事，你拼命想，也許能想起一些，就像你前世做過大王。」

　　「憑什麼說是我殺了他？」

　　「佑生的頭上有塊塌陷，沒人看見吧？可我知道，我看見你用石頭砸了他的頭，然後他就⋯⋯大睡了。不信，你去摸一下。」

　　方芒傻了，一屁股跌到地上，隨後用力喊叫：「我不信！我怎麼會殺佑生呢？」

　　「這要問你自己！那天我如果晚去一步，還真不知道真相了。」

　　天啊！這是真的？我殺了佑生？方芒胸口一陣刺痛。佑生那塊塌陷原來是挨打落下的！他心緒煩亂，胸中像有什麼東西堆積着，越來越多，越來越重，再也挪不開。他猛地站起，渾身戰慄，並仰天大吼：「不！」停了片刻，他木然離開了湖邊。

　　再說，佑生見方芒一早出去，也趕緊起身去找紅頭鸚鵡。他跑得很快，去了紅頭鸚鵡常出沒的林子，沒有找到。於是，他又去湖邊看看，正巧聽到鸚鵡在說方芒殺他的事情。他差點叫出聲，便使勁捂住嘴，頭上的塌陷處又疼痛起來。他覺得自己好像掉到一個洞裏，不斷往下，觸不到底，

裏面漆黑漆黑的，沒有一絲光亮，想喊又喊不出聲來。之後，他的腦子變得空空蕩蕩的，連自己是誰都想不起來了。

過了好久，佑生才「如夢初醒」。他想，吃飽了，變成大肚子，樂呵呵的，還有什麼煩憂呢！他再細看這湖、這花樹林，想不起發生過什麼。那些不想記住的，更是忘得一乾二淨。佑生的心情慢慢平復下來，頭也不怎麼痛了。

他往花樹林外的西南面走，要去找方芒。

方芒果真在那裏，他低着頭坐在檀樹下。佑生說：「怎麼不叫我一起來？」方芒不語。佑生在他身旁坐下。鳥鳴聲時不時地劃破周圍的寂靜。

方芒突然抱緊佑生，激動地說：「佑生，我前世殺過人！」隨即大哭起來。

「聽別人說的？」佑生問。

「我自己也想起一些來。就是在這裏，我殺了人。」

佑生沉默。

方芒嗚咽着說：「我殺的是一個好人，他是我的族人……一直照顧我。我卻聽信了別人的話，以為他想取代我，就把他殺了。」

佑生眼裏也噙滿了淚。

方芒說：「我恨死我自己了！」又哽咽着說：「那之後，我想着他，再也睡不着覺。我每天都來這裏……沒多久，我也……」

沉默許久，佑生長歎一聲，說：「沒有誰記得住前世的

事情。你這是做了不好的夢，便以為是真的。」

「做夢？」方芒疑惑地望着佑生，然後握住佑生的肩膀，難以控制地說，「佑生，假如，我說假如，我殺的人是你，你會，怎樣……」

「我？我可記不住這樣的事。」佑生說，「既然是前世的事情，人死了，也就了了。」

「你真這麼想？」

「還能怎麼想？真是你殺了我，我也記不得。」佑生指一下頭說，「你知道我的記性比誰都差，記不得的等於沒有，想它幹什麼。都是夢，不要當真。」

他不讓方芒再說下去，拉起方芒，說：「走吧，去花樹林那邊食氣。今天改食帝休氣，它能幫你解憂，也許比你的檀樹管用。」

方芒恍惚地跟在佑生後面。

日子一天天過去，方芒像變了一個人，總是沉默着，也不看佑生。佑生便安慰他說：「你只是做了一個夢，不要想太多。」他每天陪着方芒，一起去花樹林食氣。

花樹林的帝休之氣瀰漫在各種花草中，濃郁甘醇。方芒每天沉浸在芳香中，不知不覺中，他的神情不再凝重，氣色好了許多，臉上又有了笑容，和佑生的話也多了起來。佑生很高興，他知道方芒前世的心結就快散去了。吃飽後，他倆夾在各色樹木花草和其他人中間，搖搖晃晃地跑來跑去，十分快活。

有人喊：「佑生！大王來了，還不趴下？」大家哄笑。方芒假裝虎起臉，衝他們揮揮拳頭。

方芒很快將小洞穴挖大，又在洞口栽了蘭花草。

佑生覺得方芒是一個好人，他真希望來世能認出方芒。這個念頭越強烈，就越加重他的憂愁。好在他的頭已經不再痛了，主意也變多了。他想到一個辦法，當即去找紅頭鸚鵡。

佑生到處找，就是不見牠的蹤影。他看到樹叢裏有隻動物，頭長得像狗，身體是黃色的，似刺蝟。佑生不知道牠是環狗，更不知道鸚鵡是牠變的。他問：「紅頭鸚鵡去哪兒了？」環狗不吭聲。他又說：「哎，問你沒用。這鸚鵡平時愛管閒事，真有事找牠，反而躲起來了。」他看到喜鵲、燕子飛過，就是不見鸚鵡。佑生只好把想說的話又憋回肚子裏，失望地離開了。

佑生剛走，方芒就到，他也是來找鸚鵡的。他小心地將一顆小紅果塞進環狗嘴裏，然後說：「只要我在，就會一直幫你。我不是要求你別對佑生說那件事，我是想求你幫助我，這事只有你行。」

環狗又重新變成了紅頭鸚鵡，落在就近的樹梢上。方芒看着牠說：「我想來世認出佑生。」

鸚鵡不說話。

方芒又說：「等我和佑生到了來世，你告訴我們我倆之前認識，還是最好的朋友，行嗎？」

鸚鵡還是沉默。

方芒急了，大聲說：「這對你來說難嗎？你就不能幫我？」

紅頭鸚鵡開口了，說：「我幫不了你。」

方芒吃驚地望着牠。

鸚鵡說：「我離開同伴太久，想牠們了，我要回海內。」

「你離開這兒就做不成鸚鵡啦！難道你要變回難看的不會飛還不會說話的環狗？就像剛才那樣？」方芒衝牠嚷。

鸚鵡說：「我本來就是環狗，既難看，又不會飛，還不會說話。所有的環狗都這樣，牠們不會嫌棄我。我要和牠們在一起，就像你和佑生。」

方芒愣住了，他想着鸚鵡的話，心裏很惆悵。

「謝謝你，讓我最後再做一回鸚鵡，飛比跑快多了！大王，我會記住你和佑生的。」不等方芒再說話，紅頭鸚鵡就倏地飛走了。

傍晚，佑生和方芒靜靜地坐着，晚霞緋紅。

方芒說：「來世能認出你多好。」佑生說：「能吧，讓鸚鵡幫我們。」

「鸚鵡走了呢！」

「走了？走哪兒去？」佑生望一眼四周說，「那我得趕緊去找。」

方芒說：「隨牠去吧。也許到那個時候，牠也記不得了。」

佑生語塞，沉默許久，他說：「還是想認出你來。」不等方芒開口，他接着說：「你做過大王，什麼都懂，你能想

出辦法的。」

　　方芒就說：「好，我使勁想。」

　　兩人說說笑笑，還談到來世相認之後的生活。

　　他們再清楚不過，無啟人到了來世，大都相見不相識。

故事取材

《海外北經》

原文：**無啟**（普：qǐ｜粵：啟）**之國**在長股東，為人無啟。

譯文：無啟國位於長股國的東面，那裏的人不生育子孫後代。

《海內北經》

原文：環狗，其為人獸首人身。一曰：蝟狀如狗，黃色。

譯文：環狗，這種人長着野獸的腦袋、人的身子。另一種說法認為這種人是刺蝟的樣子，又有些像狗，全身是黃色的。

環狗（明·蔣應鎬圖本）

長着人身獸頭。一說像狗，全身黃色。

氐人國

王仲儒 文

神于兒居之，
其狀人身而身操兩蛇，
常遊於江淵，
出入有光。

【中山經・中次十二經】

驟然間，天寒地凍。

海灘上堆滿浪一樣高的冰層，層層疊疊，鋪向大海深處。海風嘯叫着，颳過冰層，間或還隱約傳來淒厲的叫聲，如泣如訴。

那是氐人族的陰魂發出的聲音吧。于兒仔細辨別，心頭「怦怦」跳，傳說千年的氐人族慘劇，如同夢魘，又一次盤踞在他的腦海。

說是某年夏天，氐人族爆發時疫。族人高燒，劇咳，相繼倒斃。其他族群唯恐時疫蔓延，火燒氐人族部落，把活口逼至絕境。就在這片海灘，殘存的氐人族攙扶着，悲號着，走向大海，頭也不回，直至被海水吞沒。氐人族從此消失，只留下被烈焰炙烤的部落廢墟和不時迴響在海面上的一闋悲歌。或許是出於愧疚，或許是出於恐懼，其他族群擔憂氐人族的冤魂報復，他們商議，決定選派部落成員沿海灘巡視。之後，巡海成為一種職業，世襲相傳。

于兒就是巡海人，他手操兩蛇，用以壯膽，在海邊巡遊。

于兒問過祖上，可曾見過氐人族的陰魂？祖上說，只聞其聲，未見其人，出海捕魚的漁夫倒是見過氐人族魂靈的眼

淚。那眼淚從海底飛出來，一串串，像水柱，可見他們的怨憤有多麼深重！

氐人族的舊事，代代相傳，越傳越真。于兒常在海邊巡走，耳聽得海上遊蕩的陣陣悲鳴，不覺驚悚，反倒好奇，由此還激發了他一探究竟的念頭。無奈海闊浪高，讓他始終無法接近那個聲音。

風停了，空氣凝固了一般。

一聲聲叫嘯，貼着冰面，劃破靜寂。于兒好像中了蠱，怔了怔，然後踩着冰面，循聲而去。兩條靈蛇從他手上滑落，伏在冰上，滯留不前。于兒渾然不知，只被那聲音牽引着。走了許久，那聲音越發清晰，一聲又一聲，此起彼伏。甚至，于兒好像看見了氐人族的眼淚，那一串串水珠，迸出白茫茫的冰面，升起又跌落。于兒的心「怦怦」地跳着，他撒開腿在冰上奔跑，冰層在他腳下崩裂。

遠遠地，于兒看見前方有個冰窟窿，藍得深邃。猛地，海水翻湧，溢出窟窿，一陣霧氣後，隨着一聲尖厲的嘯叫，一根水柱噴出水面，那是氐人族的眼淚！

于兒驚得跌坐在冰上，大口喘氣。冰層不住地震動，冰下似乎有活物在游動。于兒定了神，爬向窟窿。及近，他雙手扒着窟窿的邊沿，伸出頭，看見幽深的水底下漂浮着一個灰色活物，一對藍色眼珠璀璨如珠。活物也看見了于兒，飄飄然往上浮動，那眼珠迎光收縮，瞳仁眯成一條細線。于兒小心翼翼地看，猛地一閉眼，再定睛細看，那竟是一個灰人，

眼神虛妄，很是瘮人。

于兒驚恐萬狀——這是氐人族陰魂！他尖叫着，連滾帶爬，起身欲逃，卻不料腳下浮冰傾斜，腳下一滑，「唰」的一聲栽進水裏。冰冷的海水像針一樣刺進他的每個毛孔，他被瞬間凍住，僵硬成一根冰柱，直直地沉了下去。

不知過了多久，于兒恢復知覺。

微微的暖意在他全身瀰漫，凝結的血液解凍了、流動了。他手指酥麻，骨骼酸脹。他大口地呼吸，努力使自己平靜。漸漸地，他意識到自己還活着，並蜷縮在一個泡泡裏，那是一個巨大的魚鰾，呈葫蘆狀，裏面充滿了空氣。

隔着鰾壁，他看見茂密的海草和隱現在海草間的其他魚鰾。這些魚鰾裏，一半是海水，一半是空氣。一個個灰色孩童忽上忽下，在學做兩棲人。不時，游來一個女灰人，她先鑽進小泡泡，再鑽進大泡泡，為孩童餵食，完了，鑽出來，再把流進小泡泡裏的海水捋乾淨。

魚鰾癟了，快沒空氣了，于兒的臉憋得發紫，正緊急時，一個灰影撲來，是個男灰人，寬肩，豐臀，長腿，蹼足，腰腹擺動，狀似游魚。及近，他攀上于兒的魚鰾，鑽入小泡泡，把胸腔裏的空氣吐進大泡泡。男灰人的瞳仁像貓兒眼，又大又圓，鼻子卻短小平塌，嘴唇嘟着，嘴角不時冒出一串水泡。于兒不知他是人還是魂，巴巴地望着，不敢喘氣。

又來了個女灰人，給于兒送來一個大貝殼和一些圓糰子。于兒掰開貝殼，裏面盛着清水，他「咕咚咕咚」喝了。

水有些微微的澀，卻很解渴。于兒抓起圓糰子，聞見一股腥味，知道是吃食。他實在是餓了，飢不擇食，大口吞嚥。他吃到了海帶、蝦米、牡蠣和魚的脂肪，微微的咸，微微的甜，新鮮得像清晨第一縷海風，吹開于兒的味蕾。

于兒吃得打了飽嗝。回味時，他忽然發現，那團食物不是生食，而是熟食。這海底水世界哪來火源烹煮食物？于兒摸摸身體，又犯糊塗了。置身於深海，怎麼不覺冷呢？他摸摸魚鰾，鰾壁是暖的，外面的海水竟然是熱的。

于兒反覆思忖這一切究竟是真實還是虛幻，想啊想，想得他眼皮耷拉了。

朦朧中，于兒感覺一條巨大的白海豚在身邊游動，白海豚的脊背上騎着一個人，白色的身子，銀亮的頭髮，一縷縷散開，像八爪魚的觸角，在水中飛舞，很是奇幻。于兒太疲倦了，睜不開眼睛，心想莫非這是個夢吧，就又睡實了。

好像是天亮了。

陽光穿過冰層上的窟窿，一柱一柱照射下來，一眼望去，光柱林立，恍如水中宮殿。

男灰人，女灰人，還有魚鰾裏的小灰人，一齊仰着頭，對着光亮處吟唱。他們的灰色皮膚在光照下披着銀光，藍色眼眸沉靜得如同沒有雲朵的天空。奇怪的是，他們並沒有張嘴，而是以鼻音或腹語歌唱，低沉的旋律在海底鋪展蔓延。那不是氐人族的悲歌嗎？于兒耳熟能詳，但如此近距離聆聽卻是首次，內心一下子被震撼。他好像被召喚，又像是被驅

使，閉着眼跟唱了起來。于兒的嗓音高而亮，在灰人們的頭頂上飛越。漸漸地，灰人們收聲了，只有于兒還在唱。于兒睜開眼，灰人們圍在他的魚鰾前，死盯着他看，突然，又像是見了怪物一樣，「呼啦啦」逃散開去，連同那些大大小小的魚鰾，一下子隱沒了。

靜寂，無聲無息，只有于兒的心跳聲，怦，怦，怦。

于兒被牽到一片珊瑚林中。

夢中那個銀髮白人正盤坐在那條白海豚的背上。這是個老女人，滿臉紋路，好似水波的畫痕，頸上掛着一顆鯊魚的牙齒，像是她的護身符。老女人在哼歌，還是那一首氐人族的悲歌。曲終，她一睜眼，竟是少女的眼波，翠綠色的眸子，活脫脫兩顆珠寶，看得于兒丟了魂。

忽而，老女人用腹語說：「一首靈歌。」

于兒說：「氐人族的歌。」

老女人手指交錯，捧在心口問：「知道氐人族？」

于兒說：「知道，也不知道。」

老女人說：「怎講？」

于兒說：「知道氐人族投海了，不知道的是，眼前的氐人族是後裔還是靈魂？」

老女人說：「是，也不是。」

老女人雙手一劃拉，牽着于兒的魚鰾鑽進了珊瑚林。她的身姿柔軟而靈活，白髮散開，一絲絲宛如觸角，在縱橫交錯的珊瑚枝丫間探測路徑。沒多久，他們來到了一片古石林。

那是一大片人為豎起的石塊，已被海水侵蝕得發黑，但依稀能辨別出石頭上鑿刻的痕跡，那是些遠古的圖案、符號或許部落的文字，以及浮雕人像。這些石塊圍成一個圓圈，天光落下來，正好照在圓圈的中央。老女人指着一個人像，對于兒說：「這是一個偉大而勇敢的母親，千百年前，她一聲呼號，率領氏人族的族人投奔大海，尋找新的生機。」

于兒被引到一個柱狀石塊前，他看見一個女神的形象，人身魚尾，九頭十二臂，想來是暗示她極強的生命力和無所不及的能量。

老女人說：「當年，族人被逼下海，就在即將被海水吞沒之時，她嘹亮的悲歌引來一群海豚前來搭救，族人騎上海豚脊背，逃離海岸。」

老女人重又唱起那支曲子，嗓音喑啞，無比蒼涼。

白海豚游來，緊貼她，似在安慰。

「海豚是氏人族的保護神。」老女人撫摸着白海豚的脊背說道，「族人得救後，不願回到陸地，很長時間一直生活在海豚的背上，直到學會了水中呼吸和腹語說話，才下海生活。又過了很長時間，逐漸如魚得水。」

于兒問：「海底怎麼呼吸？」

老女人說：「那也是跟海豚學的。在水中時，用囤積在胸腔裏的空氣呼吸，空氣用完了，浮上海面，從鼻孔中噴出胸腔裏多餘的海水，再吸進新鮮的空氣。」

于兒說：「就是那一串串水珠吧，陸上的人都以為那是

氏人族的眼淚呢。」

老女人說：「氏人族不相信眼淚。」

夜宴。

熒光烏賊聚成一個球，把一塊貌似桌面的海底巖石照得斑斑駁駁。桌上，擺放着色彩豔麗的珊瑚花和大把的樹枝、靈芝和玫瑰花，花枝空隙中鑲嵌着璀璨奪目的珠貝。老女人端坐在于兒的對面，離她幾丈遠處，幾個女灰人圍着一個地熱池在做吃食。那地熱池「咕咕」冒着水泡，熱氣瀰漫四周。于兒恍然明白為什麼海水是熱的，食物是熟的了。

老女人示意女灰人宴會開始。

女灰人捧來一個又一個用貝殼做成的小盞，分別盛着味道各異的海螺，甜的、苦的、鹹的、鮮的、脆的、糯的、韌的、肥的、醉的，一輪下來，于兒好像把世上所有的螺肉全吃遍了。

接着是海底素食，海帶、紫菜、裙帶菜、海白菜、海石花，這些被搓揉過的海中植物，嚼來軟糯而爽口，口感新奇。

然後，主食登場，那是一堆在地熱池中燙熟的串串兒，帶蝦腦的蝦、帶膏黃的蟹、帶魚脂的魚，用魚刺穿成串，吃得于兒樂不思蜀。

末了，女灰人呈上三個灌滿液體的小魚鰾，一個紅，一個黑，一個藍。于兒呷一口，濃郁的酒味溢滿口腔，黑色烈，紅色醇，藍色甘。

老女人對于兒說：「猜一猜，這些飲品是用什麼原料釀

製的？」

　　于兒想了想，說：「墨魚汁？紅藻？紫菜？」

　　「魚血。」老女人說，「氐人族的祖輩，雖然置身海底，仍想着要複刻陸地上的事物。或許，在他們心中，一直存有返回陸地的念想。」

　　于兒表示贊同。

　　忽而，老女人問：「氐人族的舊址還在嗎？」

　　「在。」于兒說，「千百年了，已被森林淹沒，很少有人踏入。」

　　老女人哽咽了一下。

　　「不過，」于兒說，「有人曾去探險，發現氐人族部落的居所雖已崩塌，但被樹根纏繞，依稀保留着當時的痕跡。」

　　「只是千百年了，氐人族已變得像魚一樣，離不開水了。」老女人歎了口氣說，「回不去了。」

　　說罷，老女人翠綠色的眸子漸漸變成了粉紅色的。

　　于兒也被感染了，一陣悵然。

　　這天，于兒換了個新魚鰾，人卻懨懨的，失了神采。

　　老女人騎了白海豚來探視，見狀，知道是于兒思鄉，於是寬慰他，待到冰雪消融，就派白海豚送于兒回家。

　　于兒舒緩了些，心裏仍惴惴不安，沒有着落。

　　某日，好似利箭劈開冰層，刺眼的光橫七豎八地在海底劃出一道道痕跡。于兒覺得眼前盡是光的裂變，就像鏡子碎了。接着，頭頂傳來隆隆聲，好像悶雷一樣，那是冰層融

解、湧動、撞擊的震盪聲。

魚鰾被海水鼓動，于兒在魚鰾內顛來倒去，滾東滾西，他覺得興奮和刺激，育兒袋裏的生活讓他厭倦，他渴望掙脫，渴望恢復自由之身。

他在魚鰾裏翻滾，盡情宣洩，直到筋疲力盡。

于兒猛然驚醒。

剛睜眼，即刻被強烈的光刺着了。積壓在海面的冰層融化後，天幕洞開，豁然明朗，光芒灑落到海底，海草染了金邊，游魚披了金衣，滿目是跳躍的金色光斑。

今天是個好日子，于兒這樣想着，忽聽得此起彼伏的號子聲。遠遠地，他看見古石林內有許多男灰人和女灰人圍聚在一起，哼着號子，手牽手跳舞，中間是魚鰾裏的孩童，那些孩童也顯得亢奮，嘴裏嗷嗷直叫，雙手做着撕破鰾壁的動作。一群海豚從于兒身邊滑過，游向孩童。聲響漸歇，老女人騎着那條白海豚逶迤而來。她吹響了螺號，孩童們得令，在成人的助力下從魚鰾中爬出，伏在海豚的背上。眾孩童和海豚魚貫而行，游向海面。男灰人和女灰人重又唱歌跳舞，場面十分喜慶。

于兒恍然明白，這定是氐人族孩童的成人禮。

他瞇着眼，仰望海面，隱隱約約有一些藍灰色的小點在盤旋、翱翔。他就這麼盯着看，看到那些小點逐漸變大，逐漸清晰，看到海豚馱着孩童從身邊游過，看到孩童興奮得發亮的眼睛。他想，或許就在明天，他也會像這些孩童一樣，

躍出海平面。

以後幾天，于兒像被遺忘了一樣。

每天，只有男灰人給他輸氧，女灰人為他送餐，眼前空蕩蕩，不見其他人，甚至連終日在魚鰾四周晃悠的魚兒也無影無蹤，只剩下巨大的海藻，漂啊漂，搖啊搖，撩撥于兒，讓他分外焦慮。

那天，男灰人和女灰人在魚鰾外嘀嘀咕咕。隔着鰾壁，于兒模模糊糊聽見，氐人族對送走于兒有分歧。一派認為，于兒回歸陸地，一旦走漏風聲，陸上的人聞聲而來，會擾亂氐人族的生活，帶來隱患，不怕一萬，就怕萬一，所以于兒必須留在海底。另一派觀點則認為，氐人族在海底生活千百年，已有足夠的自信面對一切，囚禁于兒不符合氐人族寬容良善的族訓。兩派人爭執不休，甚是激烈。老女人似乎也難以定奪，約定明日天亮，族人在古石林集聚，舉手表決，判定于兒的去留。

于兒聽罷，瞬間被擊垮，他瑟縮着，感覺如棄兒，心口冒着絲絲冷氣。

子夜時分，于兒瞪着眼，無望發呆。

老女人騎着白海豚來了。于兒垂下頭，不敢對視。老女人鑽進魚鰾，坐在于兒對面，也不說話。

許久，老女人摘下頸上的鯊魚牙齒，掛在于兒的脖子上。于兒抬起頭，眼裏噙滿了淚水。老女人微微一笑，飛起一綹頭髮，在于兒的額頭上拂了拂，輕聲說：「祝好運。」

于兒忽而心定了，他看着老女人鑽出魚鰾，繞着魚鰾游一圈，然後，拍了拍白海豚的脊背，囑咐幾句，最後，獨自一人，像一個白色精靈飄然隱沒在黑暗之中。

　　白海豚用嘴叼着魚鰾，帶着于兒往海面上游。

　　于兒感覺耳鳴，魚鰾也因水壓而變成橢圓形。于兒氣喘吁吁，抑或是緊張，抑或是興奮，他大口大口地呼吸。突然，「嘭」的一聲，魚鰾隨着白海豚騰躍的姿勢掙脫海的束縛，落在海面上。一波海潮湧來，白海豚順勢一推，魚鰾衝上沙灘。白海豚歡叫着，來回巡游。于兒用老女人贈予的鯊魚牙齒割開魚鰾，鑽了出來。此時，正是黎明，滿天星斗，熠熠生輝，于兒深深地吸了口氣，對着大海聲嘶力竭地叫喚，斷斷續續地唱那支氐人族的歌曲。白海豚聽見了，噴出一根水柱，躍出海面，又遁入水下。兩條靈蛇倏地躥來，纏繞他的雙臂，釋放着重逢的歡愉。旋即，海上泛起紅波，天大亮了。

　　一年後，于兒輾轉找到氐人族的遺址，發現一處被樹根和藤蔓纏繞的廢墟中，一根石柱兀然而立，上面鑿有氐人族的符號和圖案，頗為眼熟。于兒摘下那顆鯊魚牙齒，把它掛在石柱上。

　　他貼着石柱，輕輕轉述了老女人的一句話：「氐人族，失去了陸地，卻贏得了海洋。」

故事取材

《海內南經》

原文：<u>氐人國</u>在建木西，其為人人面而魚身，無足。

譯文：氐人國在建木所在地的西面，那裏的人都長着人的面孔和魚的身子，沒有腳。

氐人國（明·蔣應鎬圖本）

氐人國的人都長着人的面孔和魚的身子，沒有腳。氐人國位於建木所在地的西面。

《中山經·中次十二經》

原文：神**于兒**居之，其狀人身而身操兩蛇，常遊於
江淵，出入有光。

譯文：神仙于兒住在這裏，形貌是人身，手上握着兩條
蛇，常在長江的深淵中遊玩，出沒時身上能發光。

于兒（明·蔣應鎬圖本）

形體特徵與人十分相
似，手上握着兩條蛇，經常
在長江中遊玩。

卵民國

王仲儒 文

有羽民之國，
其民皆生毛羽。
有卵民之國，
其民皆生卵。

【大荒南經】

卵民國裏的卵丘山，是座奇山。

卵丘山的山形好像一枚巨蛋，圓滾滾的，臥於莽原。山頂上有一株不老樹，枝幹虯曲，葉肥多汁。不老樹旁邊有一泓赤泉，水色殷紅，汩汩湧動。滿山的芒草，高約一丈餘，把卵丘山包裹得嚴嚴實實。勁風吹過，草莖紛披，露出隱藏在草底的卵冢，一個個，一堆堆，如同散落的恐龍蛋。

阿祖說：「卵丘山是卵民國人的搖籃，也是墓園。」

卵民國的女子，懷孕六個月，腆着肚子爬到山上，舀一瓢赤泉水，「咕咚咕咚」喝下，那赤泉水能催生，女子擇一片草叢，當即生下嬰孩。嬰孩尚不足月，閉着眼，睡在胞衣裏。那胞衣薄軟透明，好像水中的魚卵。出娘胎沒多久，胞衣經風吹日照，很快變成硬殼，好似鳥蛋。

女子日日以體溫孵化，以赤泉滋養，以芒草掩護，三月後，用尖石敲出一個洞口，抱出胎髮茂盛的嬰孩。空卵殼留在原地，那個孩子漸漸長大，又慢慢衰老。無力勞作時，他會上山，摘幾片不老樹的葉子嚼一嚼，苦澀的汁液讓他的身體倏地收縮，變回嬰孩般大小，然後他找到出生時的那個卵殼，鑽進去，沉沉地睡去，像死了一樣。再過十五年，某

一天，卵殼和軀體被風化，他的精氣卻已復活，如煙一般遊走，依附於某個女子身上，使之受孕，獲得重生。

也許是胎兒期吸收了赤泉的養分，卵民國人自幼長得結實，無病痛，顯年輕，幾乎看不見垂暮老者。在這個國度裏，唯有阿祖是個例外。

阿祖真是太老了。她的皮膚鬆鬆垮垮，被歲月搓揉得像一塊有無數道皺褶的舊布，懸垂在骨架上，拖曳到地面上。她身形佝僂，行走時，需要雙手撐地來借力，才能蹣跚而行。她的眼睛混濁得像乳白色的石子，只能看見模糊的景象。她成天地打瞌睡，時不時就睡着了。她清醒的時候常流淚，莫名地悲傷。要問阿祖到底有多老，連她自己也說不清了，反正這世間的男女，她與他們相差好幾十輩呢。唉，她已經活夠了，活得都覺得煩了。

但是，她還不能死，也沒法死，因為她的卵殼被一隻鳥佔據了。

這事說來話長。

大約一千年前吧，卵民國人逐鹿而居，以鹿肉果腹，以鹿皮取暖，用鹿骨做成骨笛吹樂，戴着鹿角圍着篝火跳舞。直到某一天，暴雨傾覆，洪水奔襲，天地汪洋，好像人間末日。卵民國人上山避難，一月後，雨勢稍息，國人小心翼翼地下山，只見莽原已成澤國，泥漿、碎石和折斷的樹枝間，倒伏着溺斃的鹿的屍體，放眼望去，了無生息。食糧斷了，窩棚垮了，卵民國陷入悲切和惶恐之中。

當時，阿祖分娩不久，在卵丘山上照顧胎胞裏的嬰孩。她愁容滿面，不知嬰孩出殼後，該餵什麼吃食。一日，阿祖在赤泉邊取水，一隻長脖子大鳥從天跌落，摔在她的腳下。大鳥仰着頭，瞪着眼，翅膀拍了拍，又無力地耷拉下來。阿祖撫摸着大鳥潮濕的羽毛，讓牠平靜。大鳥的頭靠在她的腳背上，大口喘息，突然脖子一梗，嘔出一灘穀物，又「嗷」了一聲，眼珠黯淡，身子僵硬，死了。

　　阿祖心生悲戚，把大鳥捧到一邊的草叢上，又唯恐那攤嘔吐物污染了赤泉，隨手舀了一瓢水，沖洗起來。誰知那些穀物一沾上赤泉水，立刻發芽，「嗖嗖」地冒出葉片，才一會兒工夫，長葉，抽穗，灌漿，結出一大片稻穀。阿祖摘下稻穀，在手掌上搓揉，脫除穀殼，放進嘴裏咀嚼，確認是米粒。以前卵民國旱，不產稻米，現在水澇了，適合種稻。真是天無絕人之路，卵民國有救了。

　　阿祖轉身，端詳那隻大鳥，覺得牠模樣俊奇，很是不凡，心裏嘀咕，莫非這是天帝派來救災救難的神？那可不能隨意掩埋了。阿祖捧着大鳥在山上轉悠，走到東，走到西，最終走到自己的卵殼前，恭恭敬敬地把大鳥放進去，然後雙手合十，祈求大鳥復活，來拯救蒼生。

　　從此，卵民國人築屋舍，挖水井，開溝渠，以種植為生。大鳥被封為卵民國的神，卵丘山被列為禁地，閒人莫入，禁止喧嘩。卵丘山下豎一根巨木，上刻鳥狀圖騰，與大鳥纖毫畢肖，以供膜拜。每年，阿祖在巨木圖騰下為新生的

卵民國人講述那段與大鳥的際遇，一遍接一遍，將其複述成
傳奇。

　　田裏的稻穀收了一茬又一茬，講故事的阿祖也從姑娘變
成了老嫗。

　　先前，阿祖站着講。後來，她坐着講。一次，她起身
猛了些，眼前竟然發黑，險些摔倒。待回過神來，她端詳跟
前的孩童，再回憶她的同輩人，他們早就上山，吃罷不老樹
葉，鑽進卵殼，重生了。這時，她方才發覺歲月已過去太
久，暗歎自己好勞碌，不由得牽記起自己的歸宿。她想，卵
殼裏的那隻大鳥，也該轉世投胎了吧。

　　阿祖悄然上山，一路草木依舊，往事浮現。她不費周折
地找到自己卵殼的所在地，撥開芒草，見卵殼光潤如玉，異
常欣喜，怦然心動。她緊閉眼睛，移到洞口，深吸一口氣，
睜開眼，心忽然冷靜了。那大鳥竟然還在，毛色鮮亮，姿態
安詳，宛如神一樣的存在。

　　阿祖不明白：為何幾十年了，大鳥仍未重生呢？她突然
記起，大鳥死前沒吃過不老樹的汁液，難怪牠沒有轉世。她
摘了不老樹葉，把汁液擠在大鳥的嘴邊。大鳥的喙緊閉着，
阿祖想掰開，又恐驚擾了牠，只得把樹葉墊在大鳥嘴邊，一
步三回頭，滿腹惆悵地下山了。

　　一路上，阿祖不斷地想，大鳥還會轉世嗎？如果會，
還要等多久？如果不會，那該怎麼辦？想到此，阿祖頓時僵
住，不敢繼續想了。她又悲又悔又懵，內心無望而委屈，忍

不住坐在地上，嚶嚶地哭泣。

哭了很久，阿祖說服了自己：「將近百年，屍身不腐，神就是神，大鳥牠遲早會重生。等吧，等吧。」

預感到這可能又是一次漫長的等待，阿祖認為，一切應該回到從前，從小時候開始。她學後輩們說話，跟他們一樣耕種、唱歌和跳舞。她試圖忘記年齡，與時間較量。雖然她的腰背早已老朽，徹夜酸痛，難以入眠，但一到天亮，她仍強提精神，不惜體力地勞作。她竭力表明，她仍有勞動能力，有活着的價值。

後輩們憐惜阿祖，開玩笑說：「我們上山，厚葬大鳥，把卵殼讓給你，如何？」

阿祖連連擺手：「不成不成，若是驚動了神鳥，無法重生，豈不得罪神靈，罪過，罪過啊。」

後輩們歎息：「那要等到何時啊？」

阿祖寬慰自己，說：「不急，萬物終有盡頭。」

嘴上說不急，阿祖心裏卻很是糾結。

失眠時，阿祖會乘着月色上山，坐在卵殼邊，和大鳥絮叨。大鳥無聲，小蟲子在身邊叫個不停，阿祖懶得搭理，就這樣自言自語，直到天明。

有一段時間，阿祖胯骨扭傷，抬不起腿，上不了山，她就守在路口，拜託每個上山生育的女子探訪她的卵殼，看看大鳥的狀況。女子下山時卻總是繞開阿祖，她們害怕與阿祖巴望的眼睛對視。

　　有個女子沒躲開，隨口安慰阿祖說：「看見大鳥動了，翻了身。」阿祖很興奮：「牠現在是往左睡還是往右睡？」女子答不上，支支吾吾。阿祖瘸着腿要上山，女子只得告知真相：大鳥沒動，也沒什麼變化。

　　後來，阿祖不問了。再後來，阿祖遠遠望見那些女子，率先閃開了。她不想讓自己失望，但是事實卻讓她反覆在希望和失望中掙扎。

　　阿祖感到活着真累。

　　某年夏天，阿祖突然高燒，劇烈咳嗽，咳得鳥不叫，蛙不鳴，蟬也不聒噪。

　　卵民國的人生來強壯，從不得病，也無良醫，見阿祖得病，大家束手無策，只得輪流照料，一群人捶背，撸胸，端水，餵食，忙作一團。

　　阿祖生性好強，最怕被人服侍，承認自己衰弱，可如今困囿於病榻，早已讓她的自尊和自信喪失殆盡。反正也活夠了，阿祖脫口而出，不由得心頭一緊，想想以後的日子，與其成為後輩的累贅，倒不如遠走他鄉，在別處老死，無人知曉，無人牽掛。

　　剛剛復原，阿祖便溜出門，出走了。

　　她直直地往東走，走過田野、山坡、樹叢、亂石，喝溪流的水，吃熟透的果實，睡半枯的樹洞。她走了很長很長的路，腳上磨出血泡，身上佈滿荊棘的劃痕，但她感覺釋然。隱隱地，她聞見風裏的鹹腥味，緊跑幾步，爬上一個沙丘，

她看見了海，藍綠色的海。她碎步走下沙丘，走過沙灘，走進海裏，祈望海水能把她帶向遠方。海水沒過腰身時，她回頭望一眼，卵丘山橫亘在遠處，熠熠閃亮，像一個遙不可及的夢。一個大浪湧來，力量巨大，一下把她送到岸上。阿祖再次下水，又一個大浪，再次將她送上岸。遠處有一堆礁石，在海浪中，時隱時現。阿祖跑過去，抱緊最前方的那一塊，等待被淹沒，沒料到海水突然掉頭，退潮了，越退越遠。阿祖癱軟在礁石堆裏，臉上的皺紋更深了，不知是該哭還是該笑。

後輩四處找來。阿祖說：「活着，是個累贅；想走，老天不讓。苦啊！」

後輩說：「阿祖要是走了，卵民國的歷史就沒人講了。阿祖可不能走，等大鳥轉世飛走，阿祖還要回到卵殼，重生好幾回呢。」

後輩尚未說完，阿祖就睡着了。後輩把阿祖背回家，看到她枯骨般的手指，關節腫大如瘤子般突出，她像一隻垂暮的老猿猴，用力攀住後輩的肩胛，吊在後輩身後，所有人都心酸得落淚。

那以後，阿祖走不動了。

她成天盯着卵丘山看，身體一動也不動，眼睛一眨也不眨。日子長久了，她的眼珠暴突出來，好像兩顆嵌在眼眶裏的白卵石，陳舊泛黃，幾乎失明，只能隱隱地看見亮得發白的天空和遠山的輪廓。意外的是，她的聽覺卻越發敏銳，她能聽到

螞蟻爬過，蝴蝶飛過，聽到山風掠過卵丘山上的芒草。

阿祖就在細密的碎響裏，感覺草木枯榮，歲月輪回。

阿祖不知道，這麼多年，大鳥其實有着肉眼難以察覺的變化。牠頭頂紅冠的顏色深了，腳爪的指甲也長了，牠甚至換過毛，褪下的白色羽絨被風吹出卵殼，黏在芒草上，像蒲公英的種子，只是阿祖沒法聽見如此細微之極的聲息。

這天，阿祖感到耳鳴。

那是一種無數蟲子振翅的聲音。它們像雲一樣堆積，像風一樣移動。那聲音越來越近，越來越響，近乎轟鳴，震耳欲聾。

阿祖喊了聲：「蝗蟲！」

黑壓壓的蝗蟲，如同一團烏雲覆蓋下來，把大片稻田罩住。蝗蟲餓瘋了，像切割機一樣咀嚼着，無休止地吞嚙。牠們簇擁着搶食，彼此摩擦、擠碰，又激起更加旺盛的食慾。稻田裏只有一種聲音在盤旋，嚓嚓嚓嚓，嚓嚓嚓嚓。

所有的人舉着火把衝進稻田，用煙熏，用火燎，驅趕蝗蟲，但都無濟於事。蝗蟲隊伍實在強大，牠們以驚人的速度，把一片成熟的稻田啃食得顆粒不留，滿地狼藉，然後牠們像濃煙一樣升騰，往遠處入侵。

阿祖的耳鳴逐漸消失，低低的啜泣聲卻在四處蔓延。阿祖知道，蟲災之後，定是饑荒。果然，沒多久，她從後輩的口氣裏，嗅到野菜、樹葉和草莖的氣味，聽到後輩肚子裏發出的此起彼伏的咕叫聲，她斷然推開了面前的飯食。阿祖

想，她又老又瞎，已是無用之人，豈能與後輩爭食？

後輩明白阿祖的心思，說：「卵民國每人省下一顆穀子，阿祖可以吃一年，不差這一碗。」

阿祖不吃。後輩又說：「第二季稻子種下了，馬上就有糧食了，不用發愁。」

阿祖仍不吃。後輩們哭了起來，阿祖聽不得哭聲，哭聲撓她的心，她跟着流淚，伴着淚水，她喝了幾口米湯。

自那以後，阿祖只喝米湯。起初一日兩回，然後減少到每日一回。有時，嘴巴抿了抿，阿祖就說：「飽了，喝不下了。」

阿祖吃得少，人也縮得快了，和小孩差不離。她成天蜷作一團酣睡，像隻老貓，一睡好幾天，有時忽而又醒來，喝口米湯，嘟噥幾句，轉身又睡去。常常，後輩見她一動不動，唯有肚子在輕微地起伏，既寬心，又憂心，為阿祖的後事發愁。

所幸，下山的女子說：「阿祖的卵殼發光了，尤其在深夜，就像一顆夜明珠，比天上的星星還亮。」後輩感到欣慰，可能阿祖重生的日子臨近了。

這天夜裏，阿祖醒來，神清氣爽。她輕聲說：「飛了。」

「莫不是大鳥飛了？」後輩問。

阿祖閉上眼，眼角噙着一顆淚珠，像是感慨，像是默認。

後輩大喜，抱起阿祖上山了。滿山遍野的火把把卵丘山點亮，好像一場隆重的祭祀儀式。及近阿祖的卵殼，只見它

如明珠一樣璀璨，再走近些，見卵殼內似乎有模糊的暗影，原來大鳥沒飛走，還在卵殼裏躺着呢。

這下，後輩犯難了，躊躇好久，直到看見阿祖終年愁苦的臉上露出了微笑，閃爍着熒光，他們猛然覺得，阿祖歷練千年，在卵民國人心中，已非凡人，她也是一個神，就讓阿祖和大鳥共處一個卵殼吧。後輩們恭敬地把阿祖送進卵殼，摘來不老樹葉，擠出汁液，餵給阿祖。阿祖閉緊嘴，搖搖頭，轉身摟住大鳥的脖子。大鳥一顫，像是醒了，輕柔地展開一側翅膀，裹住阿祖。人鳥依偎，阿祖在大鳥的羽翼下，安安穩穩地睡着了。

後輩們圍着卵殼，哼唱送別親人的安魂曲，敍說阿祖和大鳥的故事。唱罷，他們高擎火把，如同一炬熊熊的烽火，好讓天神看見卵殼，護佑阿祖。

火光中，濃煙裏，卵殼晃動幾下，「啵」地離開地面，好像一隻燈籠，蕩蕩悠悠地飄向天空。卵殼越飄越高，忽地散開，化作無數珍珠般的碎粒，在夜空中閃爍。就在這明滅交替的光焰中，大鳥馱着阿祖飛了出來，月光把他們的身姿勾勒出一道銀邊，就像剪影似的，從天幕上劃過。後輩呆着，望着，叫着，跳着，哭着，目送大鳥和阿祖的身影消失在雲端。

翌日，工匠在巨木圖騰上添加了阿祖的形象——一個黑乎乎的皺巴巴的老嫗。阿祖還會回來的，在卵民國人的心裏，阿祖只是遠行，從未真的離開。

故事取材

《大荒南經》

原文：有**羽民之國**，其民皆生毛羽。有**卵民之國**，其民皆生卵。

譯文：有個國家叫羽民國，這裏的人都長着羽毛。還有個國家叫卵民國，這裏的人都產卵，又從卵中孵化生出。

羽民國（清·吳任臣近文堂圖本）

羽民國，因為國民全身長滿了羽毛而得名，在《海外南經》中有關於羽民國的記載。其實，羽人的形象最早出現在商代，他們或人頭鳥身，或鳥頭人身，這種形象或源於遠古社會對鳥類的崇拜。

《大荒南經》

原文：有**不死之國**，阿姓，甘木是食。

譯文：有個國家叫不死國，這裏的人姓阿，吃的是不死樹。

卵民國

司幽國

樓屹 文

有司幽之國。

帝俊生晏龍，晏龍生司幽，

司幽生思士，不妻；

思女，不夫。

食黍，食獸，是使四鳥。

【大荒東經】

合虛山以南，有一處人跡罕至的峽谷。山谷形似一隻倒扣的漏斗，谷底幽深不可見底，谷口的位置狹小而隱祕，遠遠看去只能瞧見一條極細的裂縫。每逢臨近下雨時，谷口會冉冉地升騰起一股幽幽的霧氣。谷中草木茂盛，奇峰翠巒，陡峭的巖壁上，有眾多大小不一的洞穴。峽谷中的洞穴是司幽國人居住的家園，雲姑和她的族人就幽居在此。

　　司幽國鮮少與外界接觸，他們與常人的作息時間相反：每天日落西山時醒來，卻在破曉時分入眠。山洞常年幽暗潮濕，人們製作火把安插在山洞巖壁上，用獸骨、樹木做成鋤頭和砍刀，憑空在洞中鑿出一層層錯綜複雜、四通八達的地下通道。

　　像這樣人人隱居的國度，原本就不應該有外人的存在。

　　然而雲姑卻遇到了改變她一生命運的人。

　　雲姑年紀雖輕，卻是族中有名的醫師。谷中盛產奇花異木，雲姑不辭辛勞，時常採集樹皮、樹葉、花朵、野草、露珠在屋中專研藥理。鄉鄰中若有人生病，到雲姑家服下幾帖草藥便能痊癒。遇到有些病重的，雲姑還經常親自煎藥，翻山越嶺送到鄉鄰的家中。

　　這天和往常一樣，日落之後，雲姑背起竹簍，點着燈籠

上合虛山採藥。剛爬出谷口沒多久，在蜿蜒崎嶇的山路邊，雲姑發現有個人躺在草叢中。藉着燭光，依稀能看出這是一個年輕男子，腿和眼睛都受了重傷，傷口血流不止，身旁還有一把長弓。雲姑見狀，扶起男子試圖喚醒他，但男子一直昏迷不醒。雲姑轉念一想，人命關天不能不管，更何況四周是懸崖絕壁的峽谷，她便匆忙飛奔回谷中，找到鄰居何伯，一起將這重傷的男子抬回了家。

原來這個重傷的男子是載民國的神弓手，名字叫鵬郎，擅長射殺各種兇猛的野獸和毒蛇。鵬郎一路追蹤獵物至合虛山，不慎從山崖上失足跌落下來，恰巧碰見採藥路過的雲姑，才得以救治。

接連着好多天，善良的雲姑都在家潛心醫治鵬郎，但她未曾想到自己會遭到鄉鄰的猜忌和非議。鄉鄰們從何伯口中得知，雲姑家收留了一個外來的勇士，隨身還帶着武器。沒幾天，關於鵬郎的流言蜚語已經傳遍了整個山谷，甚至還有人跑到族長家，要求趕走鵬郎。族長守舊又認死理，更經不起鄉民們的攛掇，他下令鵬郎在三天之內離開司幽國，不然連雲姑一起驅逐出去。

司幽國不接納外人是先輩留下來的祖訓，其實他們是不希望外人將山谷裏的祕密傳出去。村民在山谷中常年栽植一種幽幽樹，枝若虯龍，葉似玉盤，花如蓮瓣，時有異香。谷中人們無需耕作，採集幾片翠綠的幽幽樹葉為食就能飽腹一天。幽幽樹歷經三年開花，五年結果。司幽國人皆從樹上結

果而來，果形似葫蘆，有一人手臂大小，待果熟蒂落，那層層樹葉包裹的果中，便現出一個白白胖胖、能啼能笑的赤體嬰兒來。幽幽樹對族人來說，不僅是獨一無二的口糧，也是他們的子孫命脈。而守護遍佈山谷的幽幽樹也是每一代族長最重要的使命。

躺在牀榻上的鵬郎聽聞村長的命令後，不願牽連到雲姑，便撐起傷勢未癒的身體，返身從牆上取下弓箭，打算與雲姑告別。

雲姑不忍見到鵬郎負傷離去，她關切地對鵬郎說：「現在你腿傷還未痊癒，左眼也失明了，如何回國呢？」

鵬郎雙手抱拳：「我是載民國英勇的武士，無意探尋到這個隱蔽的山谷。能夠得到姑娘的醫治已經十分感激，不想再讓你為難了。」

雲姑思忖半天說：「倘若你能安全返回載民國，也不能繼續當神弓手了。只要你能保守司幽國的祕密，繼續留在谷中倒是還有一個辦法。」

鵬郎心中思量許久，覺得雲姑的話也有幾分道理。

於是，雲姑和鵬郎收拾物件，整理行裝。趁眾人不備之時，他們搬至一個遠離族人的懸崖峭壁上。從此，族人們再也沒有見過他們的蹤跡。

山裏的歲月過得飛快，雲姑和鵬郎在山崖深處的山洞裏建造了自己的家。鵬郎在司幽國天天過着與世隔絕的日子，他雖失去一隻眼，但心中仍對外界的光明充滿嚮往，回想以

司幽國

前在林中自由馳騁的時光，難免心情鬱悶。

為了排遣心中的寂寞，鵬郎在村民們熟睡的時候，悄悄背上弓箭，獨自向合虛山的密林中走去。

鵬郎走出山崖的小屋，來到茂盛的樹林。他沿着林中小道歡欣雀躍地奔跑着，一路吹着口哨逗着樹林裏五彩斑斕的鳥兒們。這時，林間突然颳起一陣陣旋風，墨色的濃雲擠壓着天空，天色瞬間陰暗下來了，眼看一場傾盆暴雨將至，鵬郎迅速飛奔到大樹下躲雨。

密集的雨絲如珠簾般在空中飛舞，不久便電閃雷鳴，暴雨如注，雨聲也從淅淅瀝瀝變為嘩啦嘩啦。蹲在樹下的鵬郎在雨聲中依稀分辨出一種斷斷續續的奇怪聲音，彷彿有個小孩子在傷心地哭泣。鵬郎起身沿着樹根四處尋找聲音的來源，他驚訝地發現，這怪聲竟從地上一隻大葫蘆中傳來，葫蘆表面還隱隱約約散發出一股奇異的香味。他捧起葫蘆想要細細端詳，無奈雨勢越來越大，鵬郎的衣服已被雨水打透，於是他用草帽包起葫蘆，一路小跑回到家中。

鵬郎將發現葫蘆的經過告訴了雲姑，並好奇地問：「這個奇特的葫蘆是我從地上撿起的，不知為何從中傳來陣陣啼哭聲。」

雲姑用手摸着這個又大又滑的葫蘆，明白鵬郎已經發現了司幽國的祕密，便歎了一口氣，緩緩地說：「這個就是幽幽樹上結出的果子，我們國人皆從此樹中生養而來。」

鵬郎還是第一次聽說有此等奇事，連忙問雲姑為何之前

從未見過幽幽果。

雲姑說：「幽幽樹是國中生育之本，也是族人的祕密。無論是誰撿取到幽幽果，都要將它們養育長大。」

鵬郎握着雲姑的手說：「你放心，我會留在這裏，守護好這個祕密，讓我們一起把它養大吧。」

於是，鵬郎按照雲姑說的，將幽幽果養在水缸中，沒過幾天，果殼中就現出了一個白白胖胖的娃娃。雲姑和鵬郎給這個孩子取名叫「堃」。

這一年，堃已經九歲了。對堃來說，每天最大的樂趣就是與鵬郎一起玩手影遊戲。每次籍着洞中的燭光，堃用菖蒲葉、書帶草、鴨掌木、梧桐葉剪出各種形狀，將樹葉的影子映照在巖壁上，聽鵬郎描述山洞外界每一種動物、每一棵花草樹木的模樣，這些都是堃最美好的時光。

但這美好平靜的日子不久就被打破了。

這天，雲姑從崖上遠遠聽見山下傳來一陣嘈雜的聲響。她從崖邊向下張望，只見好幾棵幽幽樹都遭受到重創，樹枝凋落，花葉殘敗，有些主枝幹已經枯死了一大半，地上零落着一些枯枝敗葉。雲姑大吃一驚，心想那幽幽樹但凡被折一枝、採一花，便是折殺一個孩兒。若未及果熟蒂落，任意將果子採下，連同樹幹內部也會受到損傷。

雲姑連忙放下手中的活兒，剛想下去一探究竟，就聽見山谷口傳來一聲尖銳犀利的叫聲「嘰嗚——嘰嗚——」。只見一隻身着紫綠色羽毛的怪鳥正趴在一棵幽幽樹上啃食，樹

木的周圍遍地都是被啃落的樹枝和碎葉。這怪鳥身形巨大，上半身似鷹，鋒利的爪子緊緊鈎住樹杈，長長的赤喙如錐子一般，嘴中不停地咀嚼着樹葉和果實。怪鳥的腹末有形似蜜蜂尾部一樣細長的螫針，深深地刺入樹皮中。確鑿無疑，這些果樹被摧殘正是這怪鳥所為。

附近山谷中的族人聽聞怪鳥來襲，都四處驚慌逃竄，紛紛躲入山洞之中偷偷遠觀。不知過了多久，洞外怪鳥的聲音緩緩散去。

聽這怪鳥犀利的叫聲，鵬郎卻蹙眉緊鎖，他心中明白此鳥是個禍害。在載民國的時候，他在百鳥譜中曾看到這種鳥類，名字為欽原。欽原鳥兇猛且貪吃，啼叫聲十分尖厲，牠的長喙、羽毛、螫針都有劇毒，被牠蜇過的，鳥獸當下即死，草木瞬間枯萎，牠是個十足的凶鳥。

第二天，鄉親們都躲在山洞裏觀察了整整一天。等到下午太陽快下山時也沒見欽原鳥飛來，大伙兒以為牠不會再來，於是紛紛走出山洞想回家去。

誰知剛走到半路，只聽遠處的啼叫聲一聲比一聲響。鄉親們抬頭一看，山後面「撲哧」一聲飛來一隻大鳥，撲搧着翅膀一下子把半個日頭都遮蓋了，天空暗了下來。只見那欽原鳥巨嘴大張，利齒如鋸，向一枝已經結果的樹枝襲去。人們奮力地將身邊的石子、樹枝向欽原鳥扔去。無奈欽原鳥十分狡詐，牠的翅膀向上一騰旋，轉身就朝向太陽的方向飛去，灼熱的陽光使得鄉鄰們的眼睛無法對準欽原鳥的身體，

又紛紛逃回了洞中。

山崖上，堃聽見欽原鳥的嘶叫聲，朝雲姑喊道：「快看，惡鳥又飛來了！」

雲姑見狀馬上把堃按在地上，用自己的身體擋住他。鵬郎一個箭步跑出山洞外，抽出弓箭就朝欽原鳥射去。欽原鳥就地一翻身，躲過了箭頭。鵬郎趁欽原鳥展翅之時，把陽光擋住了一半，朝牠再發一箭，正好射在牠的翅膀上。

欽原鳥發怒了，渾身顫抖着，拼命想把箭頭甩掉，還發出慘烈的怪叫聲。

堃見狀，剛想站起來，雲姑急忙又把他按下。

欽原鳥拖着受傷的翅膀朝幽幽樹飛去，嘴巴不停地啄着樹上的幽幽果，兩隻翅膀把樹枝都壓得發抖，樹葉和幽幽果落得滿地都是。

夜幕降臨，欽原鳥總算飛走了，山谷裏慘不忍睹，惡鳥飛過的地方一片狼藉，村民們個個痛心疾首。族長把大伙兒招來，一起商量如何對付欽原鳥。村民們都說，這欽原鳥一般都是在白天出來活動，而司幽國的人生來就住在山洞中，長期在夜間活動，雖聽覺靈敏，但眼睛不能適應強光，尤其是在白天欽原鳥向陽而飛之時，他們幾乎沒有有效的抵抗辦法。

雲姑一家也在商量如何對付惡鳥。鵬郎見幾次迎戰都失利，覺得猛戰不一定會取勝，加上欽原鳥本身就帶有劇毒，如果採取近攻，勝算不會太大。鵬郎與雲姑謀劃，打算製作弓箭分發給周圍的鄉鄰，合力將這欽原鳥給射殺下來。但對避

免強光照射的辦法，鵬郎依舊一籌莫展。這時，他無意中看到堃手中玩弄的樹葉，心生一計，叫道：「我想出辦法來了！」

雲姑急忙問：「什麼辦法？」

只見鵬郎拿出一大捧芭蕉葉，抽出一枚細長寬厚的樹葉，拿起剪刀，把芭蕉葉剪成眼罩的模樣，在葉面上部鑽出幾個小孔，可以透光；再把樹葉兩頭用繩子繫好，戴的時候，兩頭的繩子可以繫在耳朵上。這個辦法正好彌補了司幽國的人視力不敵強光的缺陷。

接下來幾日，鵬郎大門不出二門不邁，帶着堃一門心思在家裏製作弓箭和眼罩。

雲姑心細，怕族長不同意鵬郎帶領族人除去惡鳥的做法，便找到族長說明了一切。族長聽到雲姑所說的詳細作戰計劃，先是對鵬郎從未離開司幽國覺得驚訝，隨後心中不禁湧上一層愧疚，他明白鵬郎是真心守護幽幽樹和族人的安危，這些藥箭和芭蕉眼罩也是雲姑一家親手製作的。族長後悔當初聽信偏見，貿然將鵬郎趕走。他緊緊地拉着雲姑的手說：「你和鵬郎都回村裏住吧，讓我們共同對抗欽原鳥，守護自己的家園。」

這段時間，山谷裏很平靜，欽原鳥也沒來騷擾。

原來，欽原鳥也在養傷，牠躲在山那邊的濕地裏。牠本來就是個食肉飛禽，好不容易在司幽國找到了幽幽果，怎麼肯輕易放棄。

又過了一段時間，有一天，火紅炙熱的太陽高高地掛在

空中，正好是中午時分，司幽國的鄉親們還在睡夢中。就在這時，只聽遠處又響起幾聲怪叫。

「鄉親們，惡鳥又來了！」在高山上放哨的堃發出警告聲。這是鵬郎建議族長為了防止外來敵人而設置的崗哨。

男人們連忙把背在肩上的面罩戴上，這是雲姑一家做了好幾天的成果，分給大伙兒的。

鄉親們面戴芭蕉葉製成的眼罩，手持弓箭守候在樹林的深處。鵬郎緊握從載民國帶來的神弓走下山崖，在一個視野開闊的山坡上佔據有利地勢，遠遠地觀察欽原鳥的動向。

餓了好幾天的欽原鳥哪裏知道這些，只管朝司幽國飛來。鄉親們全副武裝，就等着這隻惡鳥的來臨。

經過一段時間的養傷，欽原鳥的翅膀已經好了，戰鬥力也恢復到以前的狀態，加上餓勁十足，兇猛的樣子比以前更厲害了。最讓人吃驚的是，這次牠帶了數十隻欽原鳥，如潮水一般，氣勢洶洶，恣意橫行。

眾人皆沒有見過這樣的陣勢，開始擔心起來，膽怯得竟有點發抖了。

鵬郎對大伙兒說：「別怕，看我的手勢！」

欽原鳥越飛越近，有的人拔出刀，有的人拉開了弓箭。

「沉住氣。」鵬郎輕聲說道。

欽原鳥這會兒看看四周很安靜，心想這次沒人敢阻攔了吧，大膽地飛吧，於是拍了拍翅膀領着眾鳥朝幽幽樹撲過來。

這時，鵬郎舉起右手，朝天空有力地一揮，這是他跟鄉

親們事先說好的信號。

前面一排弓箭手拿起藥箭就齊刷刷地朝欽原鳥射去。這是一種特製的箭，箭頭上掛着一隻隻小小的藥包，只要風輕輕一吹，薄薄的藥袋就破了，頓時天空瀰漫了淡淡藥粉的味道。

欽原鳥天生就是眼力超好，看到一支支箭朝牠們射來，本能地搧起兩個翅膀撲打着，想不到越撲打藥包破得越快，藥粉越來越多，空氣中瀰漫着密密麻麻的粉狀物質。

漸漸地，領頭的那隻欽原鳥覺得不對勁了，原本明亮的眼睛開始模糊起來，後面的眾鳥眼睛也花了，開始暈頭轉向了。

此時的鄉親們戴上眼罩，眼睛變得明亮起來，原先害怕的人在陽光的照射下再也不頭昏眼花了。

鵬郎見時機已到，用手狠狠地朝下一揮：「鄉親們，射箭！」

說時遲，那時快，後面幾排的弓箭手拔出弓箭，這才是真正銳利的武器！一支支利箭朝惡鳥射去。

經過鵬郎有序的指揮，弓箭如銀針般地射向欽原鳥，牠們漸漸開始亂了陣腳，沒幾下就被人們射下好幾隻。打頭陣的那隻欽原鳥似有不甘，氣急敗壞地揮舞着翅膀向村民蜇去。鵬郎回頭一見，即刻順手拉起弓連射十幾發，箭似流星般飛去。大鳥沒想到有神弓手在後面射擊，這時即使使勁拍動翅膀逃脫也已經來不及了，牠對天長長地哀鳴一聲就倒地不動了。

　　剩下的欽原鳥見領頭的大鳥被殺，驚慌失措地向四方逃竄，卻被後面幾排的弓箭手射得無影無蹤。

　　山谷的上空逐漸明朗起來，鄉親們紛紛走出山洞，他們高興地把鵬郎抱起來拋向天空，嘴裏不斷地喊：「英雄！英雄！」

　　這天晚上，天空突降大雨，下了三天三夜。雨水澆灌在被欽原鳥重創的幽幽樹上，也澆灌在那些早已乾枯的樹枝、樹杈上。

　　雨停後，那些毫無生氣的枯樹居然重生，如同久旱逢甘霖。不到兩年的光景，谷中的幽幽樹再次抽枝發芽、開花結果，白色花海遍佈了整個山谷，煥發出勃勃生機，使人無不為之稱奇。

　　此後，合虛山南面的峽谷中再沒有出現過欽原鳥。鵬郎和雲姑的後代一直居住在司幽國，日日夜夜守護着峽谷。陽光明媚之時，偶爾能在層巒疊翠中隱隱約約看見一兩個身背長弓、頭戴綠色面罩的人，傳說那就是司幽國的後人。

故事取材

《大荒東經》

原文：有**司幽之國**。帝俊生晏龍，晏龍生司幽，司幽生思士，不妻；思女，不夫。食黍，食獸，是使四鳥。

譯文：有個國家叫司幽國。帝俊生了晏龍，晏龍生了司幽，司幽生了思士，而思士不娶妻子；司幽還生了思女，而思女不嫁丈夫。司幽國的人吃黃米飯，也吃野獸肉，能馴化驅使四種野獸。

《西山經・西次三經》

原文：有鳥焉，其狀如蜂，大如鴛鴦，名曰**欽原**，蠚鳥獸則死，蠚木則枯。

譯文：山中有種鳥，形狀像蜜蜂，大小似鴛鴦，名叫欽原，有劇毒。如果牠蜇了其他鳥獸，鳥獸就會死掉；牠刺蜇樹木，也會使樹木枯死。

欽原（明·蔣應鎬圖本）

其形狀像蜜蜂，大小似
鴛鴦，有劇毒。

《大荒南經》

原文：有<u>載民之國</u>。帝舜生無淫，降載處，是謂巫
載民。巫載民盼姓，食穀，不績不經，服也；不稼不穡，
食也。爰有歌舞之鳥，鸞鳥自歌，鳳鳥自舞；爰有百獸，
相群爰處。百穀所聚。

譯文：有個國家叫載民國。帝舜生了無淫，無淫被貶在
載這個地方居住，他的子孫後代就是所謂的巫載民。巫載民
姓盼，吃五穀糧食，不從事紡織，自然有衣服穿；不從事耕種，
自然有糧食吃。這裏有能歌善舞的鳥，鸞鳥自由自在地歌唱，
鳳鳥自由自在地舞蹈；這裏又有各種各樣的野獸，群居相處。
這裏還是各種農作物匯聚的地方。

犬封國

朵芸 文

犬封國曰犬戎國，狀如犬。

有一女子，方跪進杯食。

有文馬，縞身朱鬣，

目若黃金，名曰吉量。

乘之壽千歲。

【海內北經】

　　犬十三是一隻狗，一隻不大不小的狗。

　　犬封國的國王是狗，臣民是狗，全國上下有一個共同的姓氏——犬。

　　犬十三的爹媽為黑灰色的兩隻狗，一窩產下十三隻幼崽後先後老去。犬十三是最小的那隻，也是唯一一隻純銀灰色的狗。他的眼睛像兩個銅鈴粘貼在臉上，犀利有神；尾巴像螺旋狀的檀香盤香，捲曲在身後。藍布外衣裏住了他強壯的腰身。犬十三的兄姐都有配偶，他們住在犬腰村旁各自的小木屋中。犬腰村中有一排排小木屋，井然有序，錯落有致地簇擁在高低不平的大樹下。

　　犬十三用獵到的一頭狐狸、兩頭野豬換取了屬於自己的小木屋，木屋有近五平方米。他請狗工人幫忙，把木屋安置在一個山坡的避風處，周圍大樹環繞，不遠處有潺潺溪流。一座小山把犬腰村的喧嘩隔開，他這個新家較之犬腰村落更寧靜，所能聽到的只是鳥語和溪流聲。

　　犬十三在三歲時學會了直立走路和說人話，他的獵物技巧也不錯。今天，他與狗民們收穫滿滿，便用獵到的一頭麂和豪豬，從別的狗民家裏頭換了一個剛滿一歲的寵物胡丘，也就是一位一歲的男孩。

犬封國的狗把人皆稱為胡丘。賣胡丘的那家狗民附送了一竹筒剛擠的人奶，那是小胡丘的母親現擠出來的。

胡丘是犬封國家家必養的寵物。

犬十三抱着小胡丘，脖子上掛着一竹筒人奶，邊「嗷嗷」邊蹦跳着往家走。一路遇見的狗鄰居都湊過來，用鼻子嗅嗅，用舌頭舔舔這個白淨可愛的小胡丘。尤其是一些上了年紀的狗婆婆，嘴裏說着彆腳的人話：「奧白奧胖奧好抗！」狗學人說話總夾雜一股狗腔，很多字吐得不清晰，這位狗婆婆也像其他狗一樣，學了一輩子人話，也沒有把許多字說清楚過，比如「又」說成「奧」，「看」說成「抗」……犬十三弓起身子，搖頭晃腦，吐出舌頭，大口大口地呼氣，那像檀香盤香的尾巴不停地搖擺，懷裏的小胡丘被他晃得暈頭轉向。

到家後，犬十三把小胡丘往稻草上一扔，翻出一根細繩和棉布。他把細繩咬成若干小段，抓起小胡丘的一隻小手，用布包裹住，再一根指頭一根指頭分開纏繞。包右手時，小胡丘十分不樂意這種玩法，他不停地抽出手，使得犬十三無法包紮。犬十三顯得很不耐煩，伸出右爪一掃，布頭和細繩飛到身後。看到飛起的布頭，小胡丘「咯咯」笑起來。犬十三看到他笑，搖着尾巴湊上去舔他。親昵一番後，他又撿起布頭和細繩，笨拙地把小胡丘另一隻手裹住。小胡丘又做出哭狀，犬十三不管，三下五除二把他的兩隻小腳也裹好，然後放任小胡丘哭着在地上爬。小胡丘用嘴撕扯着裹在四肢

上的棉布，眼淚撲簌簌往下流。

　　犬十三匍匐在地上，仔細觀察小胡丘爬過的腳印和手印。他搖搖頭，對地面的腳印不滿意。他希望小胡丘四肢留在地上的印跡，像狗的梅花腳印一樣精緻。犬封國把犬印，即狗的梅花腳印，視為犬封國的圖騰，是他們虔誠信仰的守護神。因此，他們希望自己的寵物胡丘踩在地上的腳印與自己的梅花腳印也一模一樣，這才符合他們的信仰，同時他們也認為這樣會給國家和自己帶來吉祥。不僅如此，犬封國上到犬王，下到普通犬民，一致認為犬是世界上最美的物種，犬吠是最動聽的聲音。因此，他們努力讓胡丘與自己同化，讓胡丘變得跟自己一樣美。

　　犬十三扯下裹着小胡丘四肢的繩子，取下棉布重新包裹。小胡丘露出手腳，頓時手舞足蹈，滿地亂爬。犬十三幫他裹左手，小胡丘右手亂拍亂打。犬十三幫他裹右手，小胡丘用左手一把扯過棉布丟掉。犬十三欲摟過他，小胡丘迅速爬開。犬十三從後面抓住他的一隻小腳，小胡丘哭着趴在地上，抽出小腳亂踢亂蹬。犬十三「嗷嗷」叫，努力控制自己的情緒，趁其不備迅速鉗制住小胡丘，伸出薄如紅紙片的舌頭舔舐他的眼淚。小胡丘得到撫慰，停止哭鬧。犬十三舉起自己的一個狗蹄子說：「小胡丘崽子，你看，裹好之後就變得跟我的爪子一樣漂亮。」小胡丘伸手抓狗蹄，瞇眼抿嘴笑起來，小鼻子小嘴蹙成一團。犬十三跟着開心，尾巴歡快地搖晃。他餵給小胡丘一些水，並賞他一根骨頭。小胡

丘盤坐在地，胖乎乎的小手捧着骨頭往嘴裏塞，吮吸一下，皺皺眉，扔在地上。犬十三用鼻孔哼一聲：「哼，你要學着啃。」說完撿起來銜在嘴裏，啃得「吧唧吧唧」響。隨後給小胡丘餵下竹筒裏的奶，天便漸漸黑去。

第二天，犬十三幾經嘗試，也沒能把小胡丘的四肢裹成滿意的狗爪形狀。他便隨意包紮一下小胡丘的四肢，拿一根繩子套在小胡丘的胸前後背，牽着他出門了。對於這麼寬鬆的包裹，小胡丘沒有一點抗議，他跟在犬十三身旁，沿着溪邊往前爬。犬十三用前爪和嘴除去路邊的樹枝和荊棘，以確保小胡丘爬在路上皮膚不被劃破。他除了站立走路外，還會不時四肢落地行走，並不停地說：「小胡丘崽子，你要學會像我這樣四肢落地走，而不是膝蓋跪地爬。」

太陽在小溪對面的山坡上，悄悄探出半張臉。暗色的山坡、樹林、花草以及灰蒙蒙的小木屋，悄悄換上了一層金色的外衣，瞬間光彩照人。在黎明來臨前，各種犬吠聲便打破了狗村的寂靜。狗民們一醒來，穿好衣服外套，不吃不喝，便出門去，與各家的狗鄰居們聚在村前的大草坪上，用鼻孔互相嗅嗅，搖搖尾巴，表示問候。有的狗民牽着胡丘，悠閒漫步；有的用竹筒到溪邊盛水，餵給胡丘；有的成年胡丘從屋裏端出骨頭湯，跪在地上請自己的狗主人飲用。狗民們雀躍撒野，時不時交流着各自的所見所聞。

犬十三與小胡丘的到來，吸引了每一隻狗。他們圍過來，低下頭「嚶嚶」叫，小心翼翼嗅着小胡丘。其他的胡丘

也簇擁上來，他倆一下成了中心。小胡丘咿咿呀呀奶聲奶氣的，露出白白細細的乳牙，笑起來小鼻子小嘴蹙成一團。

一隻大年齡的狗指着小胡丘的四肢說：「手腳沒裹，可惜！」

犬十三急切向他討教給胡丘裹四肢的經驗，那狗扭頭大喚：「老汪，老汪！」聽到喊聲，老汪「汪汪」叫着從遠處跑來，聽從她狗丈夫的指示，手把手教犬十三給小胡丘裹腳。幾隻狗捉住小胡丘，像殺豬般抱的抱，鉗的鉗，捉手的捉手，捧頭的捧頭。小胡丘哭鬧的聲音，被狗狗們你一句我一句的叫喊掩蓋住了。

狗狗的周邊，七零八落圍了一圈男女老少的胡丘。他們的衣裳乾淨得體，手和腳在出門前都被布裹成狗爪的形狀，四肢落地如狗行走，昂起頭發出「汪汪」的叫聲。一位剛睡醒的胡丘打着呵欠，邁開四肢懶洋洋地爬行至遠處的樹下，抬起右腳「嘩嘩」開始小便。

一位大眼胡丘，奶漬染濕了胸前的衣裳。她抬起裹成狗爪般的手揉揉胸，遠望着哭鬧的小胡丘，大眼睛裏淌下一串淚水。

在狗民們七手八腳的協助下，老汪終於幫小胡丘裹好了四肢。大家對她老到的手法發出讚歎，犬十三合攏兩個前蹄給她作揖感謝。老汪坐下來，伸出舌頭大口大口喘氣，她舉起一隻爪子撓癢，細塵從她脖子後面的黑毛處揚起，在陽光下一粒一粒的分外清晰。

鼻涕眼淚一大把的小胡丘，哭得滿臉通紅，被狗狗們你舔一下，我舔一下，終於停止了哭鬧。一位胡丘奶奶端過骨頭湯，用嘴吹去熱氣，喝進一大口，再跪在小胡丘面前嘴對嘴餵他，小胡丘吸完她口裏的湯還是意猶未盡，順勢吮吮起她的嘴唇。

火紅的太陽掛在上空，幾朵雲快速飄過來，擋住了它四射的炙熱的光芒。

各家的胡丘紛紛從屋裏搬出食物，擺在草坪上。一鍋鍋黍米粥和骨頭湯冒着熱氣，一根一根骨頭堆積在一起。吵吵鬧鬧的狗民們頓時安靜下來，只有「哧溜哧溜」「吧嗒吧嗒」喝粥啃骨頭的聲音。他們盡情享受着一天當中的第一頓美食。胡丘們吃粥喝湯，他們不愛啃生骨頭。餐後，狗民們得出門幹活，成年力壯的胡丘被帶着出門。年幼的胡丘留在村中，由老汪帶領老年狗、女胡丘和老年胡丘照顧。犬十三把小胡丘寄存在他的大姐犬老大家的竹籠裏。犬老大已經十歲了，年齡太大，在家輔助老汪照看胡丘和幾隻幼狗。她家門口放了一個長長的固定在地上的竹籠。狗民們出去，幾個幼小的胡丘便被關在竹籠裏，每一個胡丘之間用一個竹欄隔開。臨出去時，犬十三遞一根骨頭給小胡丘說：「慢慢舔吧，小胡丘崽子，你會喜歡的。」

此後的日子，每逢出門，犬十三都把小胡丘寄存在犬老大家。犬老大精神好的時候，逗逗小胡丘。多數時候，她送完粥到竹籠裏，便懶洋洋一躺就是半天，偶爾老汪過來，

她便立刻起身，吐出舌頭「呵呵」地打招呼。趁犬老大和老汪打盹時，大眼胡丘會經常從對面木屋過來湊在小胡丘旁，給他吃野果，教他說話。犬老大一旦發現，會立馬精神抖擻地躥上去「汪汪」驅逐道：「你看你，赤裸着手腳，布也不裹。誰買了你這會說話的胡丘，真是倒楣！」

大眼胡丘怕犬老大咬她，抱着頭趕緊逃開。

小胡丘坐在竹籠裏大半天，有時要一整天，才能等到犬十三接他回家。在籠子裏，他除了趴着睡一覺外，其餘時間最喜歡的就是從籠子往外看。

籠外的東西很多，他的小眼睛看不過來。

天上的雲那麼大，他猜裏面一定裹了好幾個跟他一樣的小胡丘。他張開手臂上下拍打，感覺自己也被裹到了雲裏，便發出「咯咯」的笑聲。

近處的樹、遠處的麥田和遠處的山坡，小胡丘都要瞪着眼睛瞅上半天。不想看時，便趴到欄杆前與隔壁竹籠的小胡丘拍拍手，咿咿呀呀交流幾句。

好幾次，小胡丘看到許多女胡丘躲在麥地裏，褪去手腳上的棉布，撒開手腳到處亂蹦亂跳。但是，每次老汪都會帶着狗奔過去衝她們大聲吼叫一陣。女胡丘們便把手腳伸出來，聽話地讓老汪幫忙裹住，然後乖乖跟在老汪後面，回到木屋。

小胡丘抬手撓臉，被棉布裹着的手非常不靈活，他啃呀咬呀，絲毫沒有改變什麼，便哇哇哭起來。

「我要站起來！」一位少年胡丘邊用牙齒咬開裹手的繩子邊對身旁的胡丘奶奶說。此胡丘是犬腰鎮唯一一個喜歡站起來走路的胡丘，老汪不注意時，他會撒腿到處跑，爬樹，戲水，捉蛤蟆……小胡丘經常看到許多跟他個頭兒差不多的胡丘邁着被裹的手腳，崇拜地跟在他身後。少年胡丘會蹲下來，一個一個扯去他們手腳上的裹布，與他們一起你追我趕。但是只要他一說話，胡丘奶奶便對他發出「汪汪」的警示。老汪聞訊躥過來，撲倒他嚇唬道：「調皮的胡丘，要被狼抓的。」犬老大聽了，非常懊悔自己幫三弟買了一個如此難馴服而又會說話的小胡丘。

「我不學狗，我不是狗！」少年胡丘大叫。

「我不學狗，我不是狗！」他的夥伴也跟着叫起來。

幾隻老狗跟着老汪擁上去，齜牙咧嘴，露出兇狠的模樣。老汪對着他們「汪汪」大吼：「不學狗多沒能耐，會餓死的。明天你們統統上山學打獵去！」

「不要，不要！」少年胡丘和他的夥伴已經扯開裹布，到處奔跑。老汪帶着一群老狗四散追擊，幾隻幼狗跟在後面「嗷嗷」喊叫着瞎起哄。被追的少年有的被狗扯下衣服，赤裸着奔跑；有的被狗撲在地上不得動彈；有的被咬到腳跟，疼得哇哇大叫……

少年胡丘和兩個夥伴爬到一棵胡楊樹上，越爬越高。老汪仰起頭對着樹不停地叫喚，胡丘奶奶「哇啦」大叫，發出一連串怪聲，誰也不清楚她說什麼。她下巴瑟瑟發抖，顫顫

巍巍扶起被咬破皮膚的胡丘，帶他到溪邊清洗傷口。

大眼胡丘倚在門前，臉漲得通紅。

小胡丘在竹籠裏，眼睛瞪得圓鼓鼓的，不時繃緊小手，發出「啊啊」的尖叫。

直到天色已晚，少年胡丘也沒有下來。犬十三一行回來，今天他們不如昨天那般滿載而歸。壯年胡丘只帶了一些野果和黍米，空癟的肚皮讓他們沒有過多精力理會樹上的少年胡丘。老汪進屋吃過食物後，與剛回來的老伴一起圍着胡楊樹雀躍大叫。三位少年騎坐在樹梢最高處，若無其事地搖來晃去，抖得樹葉「嘩嘩」響，好不開心。

犬老大打開竹籠，各家狗主人把自家的胡丘領走，給犬老大留下幾根骨頭和一些黍米。犬十三兩前爪貼在地上，臉趴在腿上往竹籠裏喚：「小胡丘崽子，出來。」小胡丘見了他，笑得鼻子嘴巴蹙成一團，連忙從籠子裏爬出。犬十三看到留給小胡丘的骨頭丟在竹籠裏，他嚥了嚥口水，銜起來塞到小胡丘嘴裏。小胡丘一把打落在地，犬十三齜着牙齒衝他吼一聲，狼吞虎嚥地啃起來。他把竹筒裏的粥也舔個精光，然後，讓小胡丘騎在背上，踏着夕陽回家去。

那晚，樹上的三個少年一直沒下來；但樹上也不見了他們的蹤影；還有，大眼胡丘也突然失蹤。老汪對其他的少年胡丘說：「看到了，調皮是會被狼吃的。」

八年過去了，小胡丘九歲，成了少年胡丘的樣子。犬十三十一歲，已成了老年狗，既不能出門幹活，也不能照看

太多的胡丘，只能每天在家守護自己的小胡丘。犬老大、老汪夫婦和一些老狗以及胡丘奶奶先後去世，誰也沒有聽到關於三位少年胡丘和大眼胡丘的消息。

一個午後，小胡丘趁犬十三午休時，扯去裹着手腳的布頭，一個人學着當年少年胡丘的樣子，撒腿到處跑，爬樹，戲水，捉蛤蟆……

犬十三半瞇着眼睛，看着小胡丘的身影。他的目光不再犀利有神，也再不能像以前那樣，阻止他扯去裹着手腳的布頭，跟着他一起嬉戲。

小胡丘爬到胡楊樹上，他一直很納悶，那位少年胡丘就是在這棵樹上失蹤的，樹上怎麼會有狼呢。正想着，樹下出現四個胡丘。他們不像犬腰村的胡丘那樣彎腰爬行，而是昂首挺胸站立着用雙腳行走。小胡丘從樹上快速滑到離地面很近的枝丫，好奇地打量着這四個奇特的胡丘。

其中一位女胡丘對他招手：「下來，下來！」小胡丘瞪着她膽怯地跳到地上。女胡丘快步走上來，擁抱着他：「小胡丘崽子，我的兒，受苦了。我和哥哥來接你了！」

小胡丘掙脫懷抱，定睛一看，這不正是大眼胡丘嗎？只是臉上多了幾道皺紋。他再看看另外三位男胡丘，他認出其中一位就是當年的少年胡丘。

「走吧，小弟！」當年的少年胡丘拉着小胡丘的手說。

小胡丘站着不動。

「走吧！」

　　小胡丘回頭往家看去，遠遠看見犬十三依然趴在門口的太陽下睡覺。小胡丘蹦到他身邊，盤腿坐下，摩挲着他螺旋狀的尾巴，沒有走的意思。

　　少年胡丘奔過來，拉起小胡丘要走。小胡丘掙脫開，摟着犬十三不肯挪動。犬十三睡得異常安靜，少年胡丘把手伸到他鼻孔處，發現他已經沒有了呼吸。少年胡丘對小胡丘說：「他死了，沒有主人管你了，走吧。」說完拽着他就跑。小胡丘「哇」的一聲哭起來，嘴裏發出「汪汪」的叫聲。大眼胡丘和另外三位男胡丘，一起把小胡丘強行拉走。小胡丘被推搡着，越走越遠，「嗚嗚」的哭聲漸漸消失在山背。

　　犬十三站起來，望着他們離開的方向，銅鈴般的眼睛黯然流下兩行淚水，「滴答，滴答……」濺落在草地上。

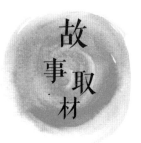

故事取材

《海內北經》

原文：犬封國曰犬戎國，狀如犬。有一女子，方跪進柸食。有文馬，縞身朱鬣，目若黃金，名曰吉量。乘之壽千歲。

譯文：犬封國也叫犬戎國，那裏的人都是狗的模樣。犬封國有一女子，正跪在地上捧着一杯酒食向人進獻。那裏還有文馬，是白色身子，紅色鬣毛，眼睛像黃金一樣閃閃發光，名稱是吉量。騎上牠就能使人長壽千歲。

犬戎國（明·蔣應鎬圖本）

犬封國也叫犬戎國，那裏的人都是狗的模樣。那裏的文馬是白色身子，紅色鬣毛，眼睛像黃金一樣閃閃發光，名叫吉量。騎上牠就能使人長壽千歲。